KB009483

열 가지 맛의 시

等等詩社 詩選集 Ⅳ

인북스

펴내는 말

바람직한 숲은 침엽과 활엽, 양수와 음수, 교목과 관목에 지의류까지
조화롭게 어우러질 때 구현된다.
단일 수종으로 조림된 산야를 '푸른 사막'이라
일컫는 까닭이다.

네 번째 사화집을 엮는다.

열 그루 시인이 내지르는 몸짓이 이번에도
제각각이어서 다행이다.

책장을 넘기는 모든 이들이
우리 산천 거닐 때의 그 싱그러움을 한껏
맛보실 수 있기를 기대한다.

2023년 가을

등등시사 친구들
공광규 김영탁 김추인 동시영 박해림
윤범모 윤 효 이 경 임연태 홍사성

차 례

홍사성

공광규

공광규 시인은 1960년 서울에서 태어나 충남 청양에서 성장했다. 1986년 《동서문학》으로 등단하여 『소주병』 『담장을 허물다』 『파주에게』 『서사시 금강산』 등의 시집을 냈다. 부조리한 현실에 맞서는 시선을 견지하는 가운데 상처와 아픔을 불교적 사유와 생명의식으로 보듬는 시를 써가고 있다

kkkong60@hanmail.net

가래나무 열매를 꿰며

어머니가 돌아가신 지 팔 년 만에
끊어진 가래나무 열매 염주를 다시 꿰었다

돌아가시던 해 벽장을 정리하다 찾은
유품이다

염주를 돌리자 끈이 툭 끊어져
방바닥에 데굴데굴 흩어졌던 것들이다

열매를 다 꿰어 굴리니까 까끌까끌한 것이
어머니 손가락 마디마디다

가죽그릇을 닦으며

여행 준비 없이 바닷가 민박에 들러
하룻밤 자고 난 아침

비누와 수건을 찾다가 없어서
퐁퐁으로 샤워를 하고 행주로 물기를 닦았다

몸에 행주질을 하면서
내 몸이 그릇이라는 생각이 들었다

뼈와 피로 꽉 차 있는 가죽그릇
수십 년 가계에 양식을 퍼 나르던 그릇

한때는 사람 하나를 오랫동안 담아두었던
1960년산 중고품 가죽그릇이다

흉터 많은 가죽에 묻은 손때와
쭈글쭈글한 주름을 구석구석 잘 닦아

다시 아름다운 사람 하나를
오래오래 담고 싶다는 생각을 해본다

주소

북한산 자락 작은 절 혜림정사
겨울 새벽인데도 창이 훤해 서둘러 일어났다

창문을 여니 벼루만 한 시멘트 마당에
흰 눈이 화선지를 펴 놓았다

설악산에서 왔다는 젊은 객승이
마른기침을 하며
빗자루로 마당 끝부터 쓱싹쓱싹 붓질이다

글씨 대신에
바람의 행로를 갈필로 마당 가득 그려놓는다
빗살무늬토기 문양이다

아침 공양을 하면서 물으니
스님은 곧 설악산으로 떠난다고 한다

시집 한 권 보내겠다고 거처하는 곳을 물으니
바람이 주소라고 한다

곤줄박이 심사위원

소백산 구인사 법당에서
어린이 사생대회와 백일장 심사를 하는데
곤줄박이 한 마리가 날아들었다

천장에 매달린 선풍기 덮개 철사를
가는 발가락이 꼭 붙잡고 있다

나는 새 발가락이
깃털이 다칠까 봐 선풍기 스위치를 얼른 끄고 다가가
팔을 저으며 밖으로 내보내려고 하나
꿈쩍하지 않는 새

우리는 그냥 더위를 견디기로 합의했다

법당에 펼쳐 놓은 아이들 그림과 원고지들을 내려다보며
쫑알쫑알 심사하는 새

새는 왕년에 이 절에서 그림을 그리고 글을 쓴
스님일지도 모르겠다

심사위원 한 명 더 늘어 심사가 잘 끝났다

백운모텔

벌초하러 고향에 내려갔다가
먼지와 벌레가 주인이 되어버린 빈집을 나와
무량사 앞 한적한 모텔에 들었다
왠지 호젓하여 글이나 써볼까 하는데
쓸쓸쓸쓸 여치가 운다
나도 금방 쓸쓸해져서
젊은 나이에 병들어 울면서 돌아가신 아버지도 생각나고
늙어서 불경을 외우다 돌아가신 어머니도 생각난다
혼자 사는 여동생을 생각하다가 목이 메는데
이름을 알 수 없는 풀벌레가 또 운다
풀벌레들은 먼 옛날 이 고장 주막에서
쓸쓸히 묵고 간 시인일지도 모른다

마곡사

옛날 삼밭이 많았다는 골짜기
지금은 물억새가 빽빽하게 계곡을 덮고 있다
벚나무 열매는 흙에 바위에 떨어져 먹물로 물들이고
밤꽃 향은 비리면서도 구수하다
도랑 쪽으로 기운 버드나무에 걸터앉아
발을 담그고 쉬려는데
딱따구리가 소나무 우듬지를 두드려대고 있다
절간에서 제대로 배운 목탁 소리다
난간에 매단 연등이 아름다운 극락교
물고기에게 밥알을 뿌려주고 있는 공양주 보살에게
사하촌 가는 길을 물으니
그냥 물을 따라 내려가라고 한다
무심한 대답이 선승급이다
합장으로 답례하고 그냥 물을 따라 내려오는데
딱따구리 목탁 소리가 귀를 떠나지 않는다

옛 절터

맑은 날 물별이 떠서
쨍그랑거리는 금곡 저수지
거기서 월산에 오르면 축대가 높은 절터가 있다

옛날 달이 빠지는 우물이 있어서 월정사였다는
신병이 난 종기 고모가
신점을 쳤다는 절터가 있다

금이 간 돌절구와 기와 조각과 그릇 조각을 남기고
졸참나무와 칡덩굴과 머루덩굴을
구렁이처럼 키우는 곳이다

멧돼지똥과 노루똥과 토끼똥이 수북한
개복숭아꽃과 생강나무꽃이 법당을 짓고
벌레와 새와 물소리가 초록 경전을 외우는 곳이다

옛날 종기 고모가 법당과 칠성각과 산신각에
석간수 올리러 갈 때 신우대 숲이
스란스란 무복 치마 소리를 내던 절터이다.

공처사 전상서

뒤꼍 대숲 건너가는 빗소리
산등성이 파도쳐 오는 솔바람 소리 데리고 앉아
눈 푸른 당신과 차 나누며
마음속 구름을 확 열어젖혀 본 게 언제였던가
올겨울 폭설에 갇혀
세간에서 보내온 잡문은 읽지도 않고
백김치 국물 뚝뚝 떨어지는 공양 짓다가 말다가
끄덕거리는 헌 경상을 천수경으로 받치고
경을 읽다가 말다가 읽다가 말다가 하다가
나무부터 도끼로 찍고 시줏돈으로 불쏘시개 하여
몸이나 훈훈히 지피다가
저 순백의 본지풍광으로 먼저 갑니다
그러니 눈 녹으면 여름 장마에 떠내려간
나무다리를 대신하여 돌부처 끌어다가
징검다리를 놓아주세요
거기 산문 밖 사람들이 쉽게 절에 오르도록

수종사 뒤켵에서

멀리서 오는 작은 강물과 강물이 만나
흘러가는 큰 강물을 신갈나무 그늘 아래서
생강나무와 단풍나무 사이로 바라보았어요
서로 알 수 없는 곳에서 와서 몸을 합쳐
알 수 없는 곳으로 흘러가는 강물에
지나온 삶을 풀어놓다가 그만
뚝! 하고 눈물을 떨어뜨리고 말았지요
나뭇잎 위에 반짝이는 눈물
눈물을 사랑해야지 사랑해야지 다짐하면서
뒤켵을 내려오다가 뒤돌아보는데
나무 밑동에 누군가 기대어 놓고 간 시든 꽃다발
우리는 수목장 나무 그늘에 앉아 있었던 거였어요
먼 후일 우리도 이곳에 와 나무가 되어요
푸른 그늘을 만들어 누구라도 강물을 바라보게 해요
매일 매일 강에 내리는 노을을 바라보고
해마다 붉은 잎으로 지는 그늘이 되어
가면 돌아오지 않는 강물을 바라보게 해요

한심하게 살아야겠다

얼굴 표정과 걸친 옷이 제각각인 논산 영주사 수백 나한들
언제 무너져 덮칠지 모르는 바위벼랑에 앉아
편안하게 햇볕을 쬐고 있다

새소리 벌레소리를 잡아먹는 스피커 염불 소리에도 아랑곳하
지 않고
탁한 정화수도 탓하지 않고
들쥐가 제단 과일을 파먹어도 눈살 하나 찌푸리지 않는다
다람쥐가 몸뚱이를 타고 다녀도 아랑곳하지 않고
산새가 머리 위에 똥을 깔겨도 그냥 웃고만 있다
초파일 연등에 매달린 이름표가 세파처럼 펄럭여도 가여워
않고
시줏돈이 많든 적든 상관하지 않는다
잿밥에 관심이 더한 스님도 꾸짖지 않는다
아이들 돌팔매에 고꾸라져도
누가 와서 제자리에 앉혀줄 때까지 그 자세 그 모습이다
흰 산벚꽃잎이 공중에 흩날리면
그것이 한줌 바람인 줄 안다

들짐승과 날짐승의 성가심
흘러가는 구름과 바람결 속에서
화도 안 내고 칭찬도 하지 않는 참 한심한 수백 나한들

나도 이 바람 속에서 한심하게 살아야겠다

손 안에 돌

잔디꽃 화창한 영주사 법당 앞 돌계단
세 살배기 딸 문주가

양손에 자갈 한 움큼 쥔 채 오르려다가
번번이 넘어지며 운다

손을 비우면 쉽게 기어오를 텐데

버려라 버려라 하는 내 말 알아듣지 못해
번번이 나동그라져 운다

저런!
빈손이면 쉬울 텐데

향일암 가는 길

바위와 바위가 기댄 암문을 거쳐야
암자에 오를 수 있다
암문은 좁고 좁아서
몸집이 크거나 짐이 많은 사람은
통과할 수가 없다
꼿꼿한 허리도 굽혀야 하고
머리를 푹 수그려야 할 때도 있다
가끔은 무릎걸음도 해야 한다
이렇게 겸손하게 올라가도
바위가 막아서고 사철나무가 막아서서
갑자기 방향을 틀어야 한다
대웅전에서 해우소 가는 길도 그렇고
산신각 가는 길도 그렇다
비가 오면 우산을 접어야 한다
이건 분명 부처님의 기획일 것이다

정취암에서 하룻밤

저녁 산길 돌아 붉은 구름 높이에 올라와
객사 앞 소나무에 달을 걸어 놓고 잤지요
새벽 도량석에 이끌려 밖에 나가니
나도 객사도 법당도 별이불 덮고 자는 게 아니겠어요
대승암에 틀어 앉은 늙은 느티나무 위에선
가끔 철없이 깬 날짐승이 밤새 징징거리더군요
바람을 재우느라 수런거리는 대밭과 짐승 울음과
심란한 마음이 열사흘 달빛과 몽유하는 객사
그릇 부딪히는 공양간 소리에 깨어 마루에 나오니
안개가 폭설처럼 마을을 묻어버렸더군요
산신각 뒤꼍 죽은 소나무 우듬지에서
열심히 아침 공양을 드시는 딱따구리
내가 한 숟가락 뜰 때 열 숟가락도 더 뜨시는 딱따구리
꾀꼬리 노래 따라 웅진전 지나 간월대에 오르는데
이마를 툭 치는 개암나무 열매
고개 드니 어젯밤 쏟아진 유성이
바위 벼랑에 나리꽃으로 매달려 있는 게 아니겠어요?

반야사

황간 반야사 산신각 오르는 길에
돌배나무 낙과를 주워 들고
느티나무 아래 천근 피로를 던진다

눈 감으면 반야천 물소리
느티나무잎 사이로 흘러다닌다

첩첩 산 뚫고 지나온 바람이
뼛속 회한의 자갈 굴린다

햇살과 비와 바람에 뒤척이는 잎새처럼
세상의 나뭇가지에 매달려 안달해온
허망한 사계四季의 착란이여

낙과 한 잎 베어 무는데
이빨에 동강난 벌레 한 토막
진저리치며 입안을 헹궈낸다

벌레 반 토막 따위에 진저리치는
한없이 가벼운 나

토끼

올겨울 시흥 내원사 마당에
늙은 토끼 한 마리가 들어왔다
누가 집에서 키우다가 버리고 갔는지
폭설을 피해 산에서 내려왔는지 알 수 없다
내가 절 마당에 들어설 때 토끼는 깡충깡충 달려오더니
발걸음을 뗄 때마다 따라다닌다
토끼는 나를 채식동물로 생각하는 모양이다

김 영 탁

김영탁 시인은 경북 예천에서 태어나 1998년 《시안》으로 등단했다. 시집 『새소리에 몸이 절로 먼 산 보고 인사하네』 『냉장고 여자』와 산문집 『시식남녀』가 있다.

tibet21@hanmail.net

원근법

비린내 나는 낮에 핸드폰은 잠시도 그냥 있지 못하고
내 귀를 잡아당기네
아주 가끔 작정한 끝에 핸드폰을 잊어버리는 호사로
난, 신사양복을 입고 산을 바라보네
산은 늘 푸른 콩이 푸른 껍질 안에 누워 있듯
안은 터질 듯 부풀려 구름과 바람을 붙들어 매네
내 바로 뜬눈도 이끌려 가면
산은 지상의 꽃으로 가깝게 조여 오다가
이내 멀리 깊고 검푸르게 풀어지네

밤새 산은 먹을 풀어 놓고
게 눈으로 바라보며 내게 핸드폰을 치네
그럴 때 더러 지상으로 별꽃을 반짝 보여주다가
이내 먹장구름이 검푸르게 피어올라
저, 꽃들은 어디에서 조용히 피었다 지고
죽음은 살아서 잠드네

방학동

물이 초록빛 옷을 벗고
먹잠색으로 갈아입는 소리에
산은,
산색만큼 산 그림자 질 때
산허리 날개로 베고 날아가는
학 한 마리 있어라

학이 놀며 머물던 자리에
이윽고 밤이 찾아오면
아직, 까지 않은 밤 이야기에
어린 새끼들은 학처럼 날아다니다
저마다의 둥지를 틀며,
한여름 밤의 꿈 같은 오로라 여행을 떠나네

이슬을 치는 날개로
학은,
다시 날고,
다시, 물은 초록빛 옷을 입고 나는
지상으로 이어진 출근길 따라
세상이라는 학교로 가야 되지만,
간밤의 아리삼삼한 추억에
학이 보고 싶어지겠네

다시, 물은 초록빛 옷을 벗었지만
하나도 안 부끄럽고, 다시 산은
먹잠색으로 갈아입는 소리에
학은,
산허리 길게 베어 날아
산 그림자 질 때,
생의 반쯤은 어쩔 수 없이
방학에 잠겨,
가슴에 날고 있는
학 한 마리
고요히 키우고 있길 바라네

표절, 서울삼림森林

물건마다 날짜가 찍혀 있다
날짜가 찍혀 있지 않은 물건은
없을까 유효기간이 지난 통조림 깡통
옆에 한 남자가 피를 흘리며 쓰러져 있다
추억도 통조림 깡통 속에 넣을 수 있다면

스튜어디스를 유혹하고 싶을 때가 있다
삼만오천 피트에서 그녀를 유혹했다
그녀가 방에 들어오자
방이 불어났다 자꾸 커지는 풍선처럼
우리는 그렇게 방을 키워 갔다
그녀가 캘리포니아 드리밍을 부르면서 떠나간 후
나는 바빠졌다 방은 감정이 울컥해지고
아, 나는 사소한 것들을 위로한다
수건을 빨면서 수건을 흔들면서 울지 말라고 한다
"이제 비누는 야위었어"
여전히 감정이 풍부한 수건이다
수건이 울 땐 기분이 좋다

나는 비디오 중경삼림重慶森林을 보면서
시를 쓴다 몇 번씩 돌려보면서
시 같은 대사를 적고 있을 때

삐삐가 울렸다
1996년 12월 13일 한 여자가
나에게 생일을 축하한다는 메시지를
남겼다 난 그녀를 잊지 못할 것이다

이젠 이 미로 같은 복도를 지나
흐린 창이 있는 다락문을 열고 들어오는
첫 번째 여자를 사랑해야지

생활의 발견
— 구름

구름을 바라보며 세상 만상과 그림 맞추기를 한 적이 있네
그럴 때면 구름은 언제나 내가 생각한
처지와 내 몸에 딱 맞아떨어지네
완전히 제 논에 물 대기 식이지만 그렇다고 구름은
뭐라고 맞다 안 맞다 그런 적도 없지만,
그림을 맞추다가 구름이 제멋대로
흩어져도 구름을 잡고 뭐라 할 수도 없네

아득한 그때부터 지금도 늙지 않고
흘러가는 구름이여
물렁물렁한 구름이여
내가 그린 욕망과 지상의 사랑이
온전히 그림틀 속에 있지 않고
조금씩 느슨하게 흩어지는 이별이여
다시는 못 볼 이별이여
그대의 부드러운 몸과 옷자락을 부여잡는
내 강퍅剛愎한 완강함에도
여지없이 뿌리치는 헐거움이여

가끔, 천진한 어린 사랑을 떠올리며
솜사탕을 입에 물고 뭉게구름 웃음만큼 웃다가
천근만근 무게로 내 머리 위에 떠 있는

구름이 갑자기 우레와 천둥에 소낙비로
내 몸을 흠뻑 적시네
한낱 헛된 꿈밖에 모르는
내 그림판에 벼락을 처도 어이할 수 없네

무한동력無限動力

앙상한 손에 잡힌
부채가 오른쪽에서
왼쪽으로 허공에서 작동하면
허공에 멍하게 떠 있던 공기는,
갑자기 선착순으로 쏠려가네 — 다시,
왼쪽에만 결코 머물지 않는 바람은 자동적인 작동으로
공기의 이동을 멈출 수 없네 — 오른쪽으로
그리하여 바람은 구멍 숭숭한 노인의 뼛속을 빠져나간 듯
등짝이 펄럭거리네
수세미 같은 노인 가짜 나무 의자에 앉아
부채를 잡고 허공의 바람을
이리저리 마음껏 몰고 있네
갑자기, 허공을 가르던 부채가
노인의 가랑이를 탁! 치자
언제나 한 수 빠른 파리 한 마리 유유히 날아가는데,
마침, 노인의 가랑이 밑에서 잠자던 바람이
화들짝 빠져나와 사방팔방으로 흩어지네
수세미 같은 노인의 재미난 부채질

엑스트라 두부

누가 나에게 칼질을 하면 근육과 뼈가 튕기는 본능의 힘도 없이 몸을 내준다 투명 인간이 안 보이듯 눈사람이 녹으면 물이듯이 이 물렁한 몸은 거의 허드레꾼 구색으로 있지만 누구 옆에 있어도 잘 잊혀진다 기호적이지만 된장찌개 끓고 있을 때 뭔가 빠졌다고 느낄 때 그대는 그제야 생각나는 듯 두부!라고 중얼거린다 나는 말이 없다 그저 그들 옆에 있을 뿐이다 대사 없는 엑스트라다 칼이 내 몸을 빚으며 지나갈 때 몸의 울림이 오면, 여백의 문을 열고 어디든 간다 그러니까 당신 입술을 통하여 라디오에서 흐르는 소리를 통하여 쓰다 만 시를 통하여 누군가 두드리는 창문을 통하여 비탈에 서 있는 작살나무를 통하여 그 가지 끝에서 곤두박질치는 한줄기 폭포로 요동치며 당신 가슴을 두드린다

자, 이제 근육과 뼈를 다 발라낸, 맨살로 뜨거운 나, 엑스트라 두부를 입맛이 없거나 내키지 않아도 한번 맛 좀 보시겠습니까?

자갈의 마음

자갈이 웃는 건
마냥 깔깔거리는 게 아니라
무조건 좋다고 다가와서
웃는다고,
깔깔거린다고 생각하시나요?

오래전 아득한 날부터
물살과 바람과 함께
그렇게 말없이 기다리며
그렇게 기다려 준 마음에 우연히
지나가는 나그네 같은 그대
다가와서 만지고 쓰다듬다
돌팔매질하다가
잘 안 되면 탓하고
그것도 신통치 않으면
파헤쳐 별짓을 다 하잖아요

왜 건드리고 분쇄하고 처바르고
마당에 깔고 그러나요
이제 제발 건드리지 말고
가만히 가만히
좀, 쉬자고요

목간농업 木簡農業

별빛이 시퍼렇게 눈썹을 찔러 와
가슴을 후벼 파고
종래 소출 없는 자갈밭 고랑을 일구게 될까마는
몸은 이미 눈먼 짐승이 되어
밭고랑을 파더라도 저 푸른 대나무 언제 심어 날까
경작을 끝낸 이는
사랑을 찾아 대처로 떠나갔네
얼추 떠났다가 돌아온 이는 없고
돌아온 건 등짝에 목간을 한 짐 지고 있는
눈에 푸른 불이 뚝뚝 떨어지는 귀신밖에 없네
목간을 자갈밭에 쏟아붓고는 이런 농법이 어디 있느냐고
각다귀 귀신처럼 자갈을 물어뜯으며 소란하네

애당초 그런 사랑이 올 리도 없는데
왜 별빛을 쟁기 삼아 돌밭을 갈아엎고 있는지
먼저 떠나간 이가 보낸 편지를 벗 삼아
푸른 죽간에 답장이나 써볼 요량이나 있는지
혹시, 돌 틈을 뚫고 푸른 대나무 뻗어 나와
별빛을 먹물 삼아 바싹 말라 날아갈 듯한 죽간에
정작, 닿지도 않을 저 먼 사랑에 부쳐 볼 수 있을는지

구름 편지

구름 편지 받아 보신 적 있는지요
스치는 바람에 실려 오는 건 다 아시겠지만
가끔 빨랫줄에 걸리기도 하고,
빈 참치 통조림 캔 속에 들어오기도 하고,
잠자는 아기 손에 잡히기도 하고,
고양이털에 날려 오기도 하고,
드디어 발바닥을 떠받들며 푸른 바다까지
끊임없이 구름 편지가 와요

구름 편지는 비처럼 내려 씨앗처럼 자라나요
씨앗은 빨리 자라나 빨랫줄을 들어올리고,
씨앗은 뾰족하여 통조림 캔을 뚫고 참치를 바다로 보내고,
씨앗은 딱딱해져 아기를 태우고 목마처럼 달리고,
고양이는 구름을 돌돌 말아먹고,
드디어 씨앗은 너무 빨리 자라나 하늘까지 올라가요
아, 그렇다고 하늘을 바라보니
편지가 둥둥 떠 있다고 말하지 마세요
그냥 끝없이
끝없는 구름 편지가 와요

봄, 한다

금방, 하늘에 방울 소리 딸랑거리며
날아온 파랑새 한 마리
파랑새 한 마리 물푸레나무 건드리면
나뭇가지마다 뿔이 솟듯 뾰족 돋아나는 푸른 잎
나무, 온몸으로 출렁이며 푸른 강물처럼 흐르네
봄이 부는 피리 소리는 늙지 않아
나무가 나무로 태어나는 시간은 다시, 처녀이지만
봄바람은 타고난 솜씨로 나무와 접하며 춤추네

나무여
땅과 하늘에 서로 뿌리 뻗고 서 있는 나무여
지상의 모든 모래를 담은 너무 큰 모래시계
깨지고 날아갈까 봐 불안하고 두근거리지만
봄피리 소리에 처녀막 몸 하면서
밀고 올라오는 사막의 폭풍, 달리는 천 마리 말
그 죄 없는 마력으로
나무는 뜨거운 모래 두레박 끌어올리면
모래로 가득 찬 가쁜 숨, 얇은 막 사이로
터져 나오는 푸른 잎들이여

가끔, 견딜 수 없는 나무 안의 뜨거움에
뿔 달린 파랑새 막을 뚫고 날아가네

바람길

바람이 지나가는 길에 서서
바람을 잡으려고, 아니
홀랑 벗고

알몸으로 바람을 맞이하여
두 주먹에 넘치도록 꼭 쥐어 보고
온몸으로 껴안아 봐도

잡히는 건
적막강산

연애편지

구절리에서 아우라지로 가는 레일바이크*를 타고 페달을 밟으면서 알았다 바퀴가 레일 위를 타고 미끄러져 가면서 절커덕, 절커덕 소리가 나는 걸 레일이 쭉 뻗어 가다가 그 길이를 다하고 다시, 연결되기 전 서른이 오기 전에 쓰다가 쓰다가 버린 연애편지 서른 장이 들어간 틈새 위로 바퀴가 지나갈 때, 소리가 난다 절커덕, 절커덕거리며

기억의 한편으로 달려갔던 기차가 철로 위를 달릴 때 왜 절커덕, 절커덕거리는지 레일바이크를 타면서 알았다 틈새를 바퀴가 바느질하듯 다림질하듯 구겨진 연애편지를 다시, 펴면서 지나가는 소리가 절커덕, 절커덕거리며 내 가슴을 두드리며

* 레일바이크 : 철로 위를 달릴 수 있게 한 자전거

연꽃 소식

월요일 연꽃이 피는데
그때 만나고 싶어요
쭈글쭈글 주름져 검버섯 핀 그녀의 손이
핸드폰을 꼭 잡고 물기 어린,
떨리는 목소리로 말할 때,
보이지 않는 먼지 가득한 지하철은 시끄럽기만 하고
말이 잘 안 들리는지 똑같은 말을 반복하네
그녀의 메마른 입술은 전동차 지나가는 소리에 갈라져
메아리치지만 동굴 속 먼 터널로 빨려 나가고
흐느끼듯, 연꽃이 피는 다음 월요일에
그때 만나고 싶어요
그녀의 귓가에 붙어 있는 핸드폰이
그녀의 귀구슬 속으로 빨려 들어가자
그녀의 흰머리에서 금세 연꽃이 피어나네요

숲의 UFO들

늙은 물푸레나무에 쇠박새 날아와
수피 속 벌레를 찾는 사이
딱정벌레 비행접시처럼 붕붕거리고
날아가는 쇠박새 새똥 폭격에
어린 풀이 놀라 기지개를 켜고
어느새 숲은 울울창창,
그 숲속에 지상군 매복조 여우와 고라니는
날아다니는 쇠박새 바라보며
미확인 비행 물체라고 연신 무전을 치고
늙은 수피를 타고 오르는 개미 군단
나무 구멍 속 미확인 물체를 찾는 개미 수색조
그러면 늙은 물푸레는 간지러워 웃고
다시, 숲은 울울창창하여
서로가 UFO
숲의 전쟁과 향연
서로가 그땐 누군가 몸을 내주어야 하지만,
숲은 슬프지 않고

그녀는 용서한다

그녀는 아침에라도 용서한다고, 말하고 싶다
무엇인지 잘 떠오르지 않더라도
사소하고 알량한 그 무엇 때문인지 몰라도
지난밤에 용서하겠다고 말하지 못했지만,
끓는 밤이 지나고 뜬눈으로 밤을 하얗게 지새우고
새벽 종소리가 머리를 흔들고 빠져나가도
그건 상관없다, 그저
괜찮아요, 괜찮아요 이 한 마디
그녀는 용서한다고 말하고 싶다

떨어지는 절벽에서 캄캄한 지하실까지
모든 연락이 두절되고
알약을 삼켜도 두통이 시작되고
장미는 가시를 집어삼키고 붉은 피를 토해낼지라도
괜찮아요, 괜찮아요 이 한 마디
그녀는 용서한다고 말하고 싶다

아침에 두서없이 출근하는 기계들
승용차를 몰고 버스를 타고 지하철을 타고, 혹은
타박타박 걷는 삶이 초라하다가도
무엇인지 확 떠오르지 않는
핸드폰으로 걸려 오는, 그녀의

괜찮아요, 괜찮아요 이 한 마디 때문에
세상은 죽었다가 다시 살아났다

김추인

김추인 시인은 1947년 경남 함양에서 태어나 1986년 《현대시학》으로 등단하여 『나는 빨래예요』『행성의 아이들』『해일』 등의 시집을 출간했다. 살림집 회색 아파트를 오아시스처럼 푸르게 가꾸면서 광막한 사막의 생태나 우주, 미래사회를 탐미적으로 채록하는 데에 진력하고 있다.

cikim39@hanmail.net

정물이 있는 방

빈 의자가 하나 앉아 있다.

로댕의 그 남자처럼 앉아 있다.

창밖의 숲을 생각하나 보다.

이를 쑤시고 있는 세상을 내다보나 보다.

근심스러운지

삐걱삐걱 잔기침을 한다.

먼지 빛깔의 생각이 자욱하다

풋치니가 토스카니니에게

크리스마스 날 FM에서 엿들은
아니리 한 대목이었다

(동글동글 굴러가는 목소리)
　풋치니와 토스카니니는 친구였어요 그땐 가장 좋아하는 사람에게 크리스마스 빵을 선물하는 풍습이 있었죠 무의식중에 풋치니는 토스카니니에게 빵 선물을 보낸 것이 생각났는데
　곰곰 생각하니 다툰 기억이 났어요 혹시 용서를 비는 것으로 오해하진 않을까 그보다 더 걱정스러운 것은 되돌려 보내진 않을까 전전긍긍, 생각다 못해 전보를 쳤어요
　크리스마스 빵, 잘못 알고 보냈다 메리 크리스마스!
　그랬더니 답신 전보 오기를
　크리스마스 빵, 잘못 알고 먹었다 메리 크리스마스!

풋치니와 토스카니니를 들으며
창밖의 눈발처럼 희죽희죽 웃었다
나도 그런 친구 하나 있었으면……

매화 한 송이 피어

겨우내 속말을
궁글려 쌓더니
실눈 두엇 뜨고 날 엿봐 쌓더니

세속의 잠이 깊어
내 무심히 나도는데
아이쿠 깜짝이야 확
열어버린 저 매화창을 봐
천둥같이 꽃문 터지는 소리에
내 잠이 화닥 깨고
꽃눈 하나 뚝.
꽃눈 둘 뚝. 뚝.
발치에 떨어져 눈을 감네

매화 한 잎 오뚝
가지 난간에 앉아
어디 허리춤에 향낭 하나 찼는지
나는 듯 마는 듯
발걸음을 붙잡네

담배꽁초의 얼굴

부실하기 짝이 없는 내
요즈음 몰골은
꼭 널 닮았다

반절도 못 남은 둥치
두어 모금 연기가 장전된 채
진액 같은 땀에 푹 절인
일몰의 귀가는 영락없이 너다

성냥 한 개비의 불붙임으로
일생을 걸어도 좋을
한 오락 연기의 환상
꿈만 꾸다 꿈만 꾸다가
깜부기가 다 된
이카루스, 벽 속의 도시여—

길 가다 문득
거리 모퉁이서 널 만나면
네 앞에 글썽글썽 쭈그리고 앉아
〈이게 꼭 내 꼴이네〉
요모조모 뜯어보게 된다

서울 아리랑

저녁 귀가 땐 지하철 입구쯤에서
피칠하고 돌아가는 장년의 도시를 만난다
—여보게 어떤가
—틀렸어 포기야
—자넨 벌써 20년째 같은 말을 했지만 늘 다시 시작하더군
—사실이야 마약 같아 패할 줄 알면서도 아침이란 링은 늘 신
선한 생선 좌판 같거든
—맞아 아침의 새 휘슬이 울리면 사각의 링은 참담할 터이지만
다시 마우스를 끼고 발을 굴러 보는 거야

지하철 속에 실려 가면서 결론짓는다
도시는 절망을 즐기고 있다고

서울 판토마임

일상에 멱살 잡혀
일으켜지는 아침이긴 하지만
그런대로 습관의 가속이 붙어
별 이의 없이 굴러가는 게 오전이다

매우 기다려지고
되고 보면 별것도 아닌
정오 주변의 휴식은
실없이도 허허 사라지고

오전보다 실질이 긴 하오지만
노루 꼬리 꼴깍 지는 서산마루 같아서
금방 5시와 7시 사이
문을 닫고 문을 여는 일몰이다

됫박 가루 같은 먼지의 피곤과
끝나지 않은 직무에 갇히는
여자의 지하철 속은
눈감아 스스로 벽을 치고 간절히

철마야 멈추지 말고
편안하고 긴

우주로 떠나자
잠의 긴 여행 아주 길게— 영영
돌아오지 않아도 좋을

평일의 꿈꾸기

솟아오르고 싶다
뭉게뭉게 피어오르는
피곤 또는 사소한 근심의
일상 떨어 내리고
육신을 벗어내듯
내게서도 벗어나
두둥실 비눗방울이나 되어

하오의 졸린 시간을 차내며
가볍게 가볍게 떠오르고 싶다
떠오르고 싶다
풍선이 되어 애드벌룬이 되어
완벽하게 비운 한 방울의 태평성대
무량의 집

담을 넘어 전봇대도 넘어 넘어
서울을 넘어 전라도도 넘어 거기
한들 넘어 쇠전 닭전도 넘어
생송판 송진내 진동하는 곳
목재소 집 고만고만한 윤 씨네 아이들
땅따먹기도 보다가
새까만 손톱 밑이며 무사마귀도 보다가

보다가 보는 것도 겨우면
아하 ― 입 벌리고 하품하며
깜박, 꺼지는 비눗방울
잠깐 붙였다 뗀
느낌표처럼 아무 일 없이
그냥 깜박.
떠나고 싶다 흔적도 없이.

새는 날기 전에 멀리 내다본단다

녀석이 왈
엄마 시 몰래 읽었지
모르겠어
무슨 말씀이신지

애야 시를 읽지 마라
시의 계곡은
가파르고 너무 깊단다
바닥에 닿기 전에 넌
둥둥 떠내려가 버릴 거야
물살이란 멈추는 때가 없거든

그러나 애야
시를 읽어라
사위 사방 때 없이 휘갈기셔도 신은
저리 선명한 감각의 선으로
말씀을 세우시잖니
네가 풀잎 바람 물무늬 같은
초록 시잖니

눈으론 말고(눈이란 간사하기 짝이 없지)
손으로 발바닥으로 읽어 보렴

귀로도 가슴으로도 읽어 보렴

물구나무선 세상이 보이면
그때는 애야
엄마 시를 읽어 보렴

큰비 후에도 세상은

저어기 번쩍
햇살 받아
굽이를 트는 것이 강물 아니냐
고등어처럼 시퍼런 등줄기로
힘찬 갈기 세워
숲을 헤쳐 나가는 것이
정녕 강물 아니냐

내가 하릴없이
발목 빠뜨리고 서서
어질어질 눈 따라가는 굽이에
흔들리며 고꾸라지며
흐르고 있는 내가
강물 아니냐

네 이름에 목메어
좇아가고 있는 날
물살에 부대낀 갯버들
수척한 둥치 옆, 그 자리에
데려다 발목 빠뜨려 두고

혼자

번쩍번쩍 굽이 틀며
도도히 떠나가는 것이 강물 아니냐
울콸설콸 앞만 보고 재빨리 달리고 있는
세상이 강물 아니냐

그르니에의 강의실

가장 미천하고
부질없는 주제를 위해
일생을 바치는 일

그보다 더 멋진 일이 있겠는가

무언가를 누군가를 위한다는
이 부질없는 일이
삶의 고리이며
존재의 열쇠이며
시간이란 괴물과 대적할 유일한 무기라는 것
기다리는 동안의 유쾌한 놀이라는 것

그보다 더 멋진 일이 있는가

큰 일도 작은 일 못지않게 작고
작은 일도 큰 일 못지않게 큰
세상만사 어차피 얼음조각상 같은

이리 허망하고 부질없는
한때의 카니발을 위해
죽도록 사랑하는 일

그보다 더 멋진 일이 있는가

까마귀의 타관

서울은 산문이 아니다
도시의 일상을
담담히 그리기엔 무리가 따르고
소설이 되기엔 지리멸렬 잡동사니다

순 치고 가지 치고
마디들만 잡아
소금기 밴 숨을 불어
모자 하나 얹으면
시의 탑 하나 서기는 서겠으나
멀리 보기에 어두운 도시는
근시안들의 무대로 조도가 낮다

모자 밑은 등잔 밑 같아 더 어둡고
모자를 바꿔 얹어도
비린내 자욱한 나라는 시가 되지 못한다
시나리오가 채 끝나기도 전에
주역들의 퇴장
시대는 잠깐씩 암전되는데

청운의 뜻을 이고
도시로 온 새

20년 목이 쉬고 외양도 깜깜해져
잠언 한 마디로 도시를 요약한다

까아욱 까르르으 까우욱

당신의 열차는 안녕하오

인생이란 청룡열차 타기야

한때의 인연이 닿아
몇 사람의 승객이 한 열차를 타고
조금은 두근대며
청춘의 빛깔로 시작은 하지
슬금슬금 출발도 잠깐
아찔하게 거꾸로 매달려도 보고
와당탕탕 정신 빠지게 달려도 보고
저 아래 세상이 제법 멀게도 보이고
이래저래 사연도 많을 듯하지만
별수는 없는 게야
시작이다 싶었는데
어느 사이 오백 원어치를 우루루 돌아와
출발 구역에 서는 청룡열차 타기
없었던 일같이 이승을 내려서기
삶이란 그런 거라니깐
한때의 꿈꾸기야

그것도 나사 하나 빠지지 않고
돌아왔을 때의 이야기지.

꽃샘

바람이 온다
반 늙은 왕녀의 심술로 온다
진저리치며 진저리치며
3월의 머리채를 후려잡고 온다
황사 비끼는 도시에
꽃이 못 된
바람이
눈이 되어 날린다
웃자란 실내의 숲들이
섬 바깥을 그리워하고
해바른 뜨락
꽃씨들은 터지다 잠시 혼절했나 본데
속달로 상경한
한 다발의 봄소식이
저녁 화면에서 튀어나온다

아다지오로

생生 하나가 저물고 있다

노을처럼 좀 아름답게
가을처럼 좀 서럽게
해거름 들녘
지친 새 한 마리 돌아가고 있다
울음 같은 건 삭이고
울분 같은 건 눅이고
깃털 끝, 엷은 어둠을 묻히며
가끔씩 이마 건너
젊은 날의 바람을 돌아보며
한세상 끄득끄득 눈감아도 주며
여리게 약간 느리게

생 하나가 저물고 있다
지평선 쪽으로
해 지는 쪽으로

말의 늪에서

오늘 또 옥사 하나를 짓고
날 구금 시킨다

생각의 탐닉의 사랑의 미움의
집착의 인연의
날마다 지은 생각의 감옥들이
함부로 풀 수 없는 매듭들이
나를 친친 동여 닥달해도
불편한 가시방석쯤으로 치부한다만

말이 말이 아니라는 말의 회초리

오늘 또 나는
말 속에 앉아 면벽하고
자유를 반환한 채
말의 긴 혓바닥에 친친 감기어
목이 졸리고 있다
자모음의 새 물길을 그려 보여도
아니라 아니라 하는

동시영

동시영 시인은 1952년 충북 괴산에서 태어나 2003년 《다층》으로 등
단하여 『너였는가 나였는가 그리움인가』 『비밀의 향기』 『일상의 아리
아』 『펜 아래 흐르는 강물』 『마법의 문자』 등의 시집을 냈다. 시는 우주
의 힘으로 쓰는 것이라 믿으며 존재론적 근원을 찾는 지구촌 순례자로
서의 행보를 이어가고 있다.

siyoung.doung@gmail.com

바텐더가 있는 풍경

바텐더가 섞임의 춤을 춘다

화가가 섞은 색이 그림 속에 웃고 있다

섞인 음들이 음악 속으로 걸어 들어간다

낮이 밤으로 들어간 저녁이
출입문이 여닫힐 때마다
안팎을 드나든다

서로 드나드는 시간
사랑을 만드는
여자와 남자가
웃음 속에 들어가 섞이고 있다

넘친 술이 볼 위의 빨강으로 번지고 있다

세상 부스러기 조금 맛보다

접시 같은 하늘,
날아가던 새가 거기 담긴
구름 한 점 먹고 간다

나도 누가 주는지 모르는
세상 부스러기 조금 맛본다

사는 건 모름에 젖기라는 건가
모르는 곳으로부터 이슬비가 내린다

집 밖에 나와 담배 피우는 남자와
지붕 밖에 뽑혀 나와 담배 피우는
굴뚝 골초 나란하다

산동네 사람들 발로 연주하는
파이프오르간 언덕길
아침을 따고 저녁을 잃는
시간 물결 떠내려 온 껍질섬 순례길

몰라서 남 같은 나
알아서 나 같은 남
가끔은 저마저도 멀어지는 세상

지금을 지나가는 조각보
들여다보다 달려가다 오후로 우회전하는 생각 교차로,
잎이 지니 가을이 핀다
오랜 풍습, 지구를 입고 바람으로 세탁한다

허공에 싹트는 먼지
— 구두 닦는 남자

한 남자가 구두를 닦는다
땀방울이
구두에 바르는 약보다
더 많이 몸에 발린다

구두에 앉았던 먼지가
허공에 날아올라 싹트고 있다
하루의 꿈도 조금씩 싹튼다

구두를 닦을 때마다 복더위 가난이 닦여나가고
구두들이 윤날수록 그의 삶도 조금씩 윤나고 있다

어떤 구두는 닦아도 닦아도 푸석하다
구두를 닦는 남자의 얼굴처럼

황혼과 바이올린 소리 사이로

크로아티아와 세르비아 경계
판노니아 평원이 새로운 판을 짠다

산이 나와 길을 내고 길을 막고
산은 언제나 가장 큰 길의 주인

무슨 볼일 보고 가나?
도나우강이
황혼과 바이올린 사이로
도시를 빠져나간다

사라지지 않으려 사라지는 하루가
게으른 생각처럼 산허리를 넘는다

누군가
살짝 건드려 놓은 대왕조개처럼
하루가 문을 닫고 있다

앞으로만 그어대는 직선

잠에 가위 눌러 잠을 가위질했니
구름 속에 물잠 자다 깨어난 눈인가
무얼 보려고 색을 다 빼버린
흰 눈 뜨고 오는가

나무가 잎을 키워두지 않으면
가을날
무얼 버리고 살아가겠는가

하늘이
눈[雪]을 키워두지 않으면
겨울날
무얼 버리고 살아가겠는가

사람은 또 무슨 잎을 키워,
버리고,
살아가야 하는가?

사는 건 앞으로만 그어대는 직선

모르는 이가,
낙엽 쓸 듯

눈을 쓸고 있다

바다의 하루

바다는 소금에 절여야
싱싱해지는 목숨들의 집
억만년 시간도 잘 절인 등 푸른 생것

마을버스 같은 순환선 뱃길
가도 각흘도 지도 울도……

지루함을 깔고 앉아 울던 아이는
울도에 오자, 울음 뚝 그치고
몸 지느러미 흔들며 헤엄쳐 내리고

사나운 물고기처럼 마스크 물린 사람들은
흔들리는 배 따라 파도에 낚이는 물고기,
파그닥거리다 스르르 놓인다

배에서 빠져나온 사람들
굴업도의 새로운 길처럼
풍경 속으로 사라져가고

바다에 길 놓던 배
길에서 빠져나와
파도 너머로 사라진다

다시
무성해지는 태곳적 침묵이
모래밭에 빠뜨린 제 길을 찾는다

마법의 문자

철조망을 쳐 놓았다

자운영꽃들이 넘나들며 피고 있다

경계 없는 것이 꽃이라고

철조망 넘나들며 환하게 웃고 있다

마법의 문자를 쓰고 있다

중심은 중심 없는 곳으로 가고

경계는 경계 없는 곳으로 가라고

여치 한 마리

세상의 알 같은

눈동자 힘있게 굴리고 있다

세상 한 그릇 먹고 왔나 보다

눈물 속에 흐르는 바다

물은 꼭꼭 눌러 담지 않는다

흘려보낸다

물이 하늘 그릇에 넘쳐 비로 흐른다

계곡에서 강으로 바다로 흘려보낸다

슬픔도 마음에 넘치면 눈물로 흐른다

강에서 바다로 넘친 물이 눈물 속에 넘친다

한 방울 눈물 속엔 강이 흐르고

바다도 함께 출렁거린다

꽃사슴 시선 끝엔 신들이 산다

손으로 만지면 전설이 꿈틀
발로 디디면 마음이 움찔

신화를 굴려 노는 신들의 언덕*
고요가 엎드린 바람 몸뚱이
흔들림 틈새로 엿보는 선사先史

하늘의 뿌리인가
잠의 요람인가
갈빛 겨울잠이 꿈물결친다

무슨 한 덩이 기도이드냐
멀리 선단여 마고할멈 보이고
바다를 건너는 포세이돈 보인다

안개인가 구름인가 물결이런가
무슨 입인들 노래하지 않으리

마음 문 열고 나와
앉고 걷고 서고 한다
마음카락마다 가지런하다

이토록 누가 만든 오래된 신神 터냐
바람도 한 층 올려 나부낌 탑이구나
역사로도 쓸 수 없고 선사로도 쓸 수 없어
바람 책으로만 읽히는구나

어쩌다 이리도 영험한 감동
샤먼의 입김 같은 안개 속 풍경

꽃사슴 시선 끝엔 신들이 산다

구름과 파도 사이
한 몸으로 뜬 배

* 굴업도 꽃길 풀길, 개머리 능선

시간 맑은 날엔 조선이 보인다
— 피맛골

조선에
지금 한 층 올렸네

거덜을 피하고도
말馬을 피했다고
거짓말 놀이가 나와 놀았지

거들먹 놀이에 피하기 놀이

인생 놀이 주종목은 피하기 놀이

골목이 좁아도 자유는 넓고 커

낮음도 피하고 천함도 피하고

싸고 싼 밥값 술값에 가난도 피하고

김홍도풍 우물가엔 내외법도 피하고

비 오다 맑아지는 피맛골 거기

시간이 맑고 맑아 조선이 보인다

사람 팔자 그 너머

땅 팔자가 보인다

오늘 위에
누군가,
내일 한 층 짓고 있다

나무들도 흔들릴 때 사랑한다

가지는 길
잎은 행인

행인이 없으면
길도
그의 길을 갈 수 없다

나무 아래 앉으면
들려오는 잎들 얘기
가끔 내게도 말 걸어온다

해가 햇살 벋어 내 뺨에 입 맞추듯
바람 부는 날은
나무들도
보이지 않는 흔들림 가지 벋어
마음 맞춤한다

사람들이 마음 흔들려 사랑하듯
나무들도 흔들릴 때 사랑한다

폼페이의 아폴론

자연이 인공을 부수자
신들마저 모조리 부서져 내리고
부서지다 만 몸 간신히 추슬러
홀로 서 있는 아폴론

신들 나라의 볼모 잡힌 패잔병
따르던 뮤즈도 음악도 없다

신화 따윈 까마득히 잊어버려도
구경이나 다니는 사람들을
멀고 먼 시간의 공간으로 모셔
인간들 시중들기에 골몰하고 있다

예언으로 미래를 보여주던 그가
기억으로 과거를 보여주고 있다

신전 옆 폐허에
요염을 그려 넣는 양귀비꽃은
사라진 그때를
가리다 보여주다
시간에 나부끼는 커튼이 된다

답십리 아니리

거리 두기와 마스크 쓰기가
삼 년째 따라다니며 잔소릴 한다
답답한 마음 밟아 답십리 간다

고미술 거리 이 골목 저 골목
옛날과 오늘 사일 들락날락한다

조선, 고려, 가야, 중국, 이탈리아, 일본……에서
맘 놓고 날아와 어울리고 있다

밥하고 국 끓이고 장 담그고 술 담그고
술상에 밥상 차리고 깨지고 다치고…… 신세 한탄하니
그래도 오래 살아 말년 운 좋아
외국까지 초대받아 대접받고 사니
물건 팔자 사람 팔자보다 낫다 하고

국그릇은 국맛 본 지 오래라 하고
밥그릇은 밥맛 본 지 오래라 하고
술잔은 술맛 본 지 오래라 하며 빈 입 다시다가
수다에 목 축이고
얼쑤, 얼씨구. 으이, 허이, 아먼— 잘한다, 그러지—

마스크 쓰기, 거리 두기, 국경도 없이
추임새 가락 타고 노닐고 있다

가을 사투리

낙엽 속에서 가을 사투리가 나온다

낙엽은 도착을 지우는 헤매임

나는 가을을 가진 강

발로 걸어도 안개로 걷듯

세상의 모든 길을 걸어 보고 싶다

목적이 길면 길을 잃는다

가끔씩

가까운 곳에 길을 놓는다

도자를 만드는 사람들처럼

말랑말랑 지금으로 무얼 만들까

사는 건 울퉁불퉁

길들여 타는 야생

암수 한몸 푸른 짐승

새벽이 온다

지금을 깎아 쓰는 연필

새벽,
달이 밤새 찍은 사진 한 장

우주 배
바다 양수 속

지구 숨소리 들린다
거기, 내 숨소리도 들린다

삶은 지금을 깎아 쓰는 연필

내일의 발자국이 오늘을 가게 한다

지금이 맥박처럼 뛰고 있다

박해림

박해림 시인은 1954년 부산에서 태어나 1996년 《시와시학》, 1999년
《월간문학》 2001년 〈서울신문〉과 〈부산일보〉에서 각각 시, 동시, 시
조로 등단하여 『슬픔의 버릇』 『오래 골목』 『그대 빈집이었으면 좋겠네』
『바닥경전』 『고요 혹은, 떨림』 『실밥을 뜯으며』 등의 시집을 냈다. 아울러
『간 큰 똥』 등의 동시집, 『골목 단상』 등의 시조집과 시평론집 『한국 서정
시의 깊이와 지평』 등을 냈다. 존재와 사물의 이면에 깊은 관심을 쏟으
면서 다채로운 문학 활동을 펼쳐가고 있다. haelim21@hanmail.net

눈썹

너에게 갈 때는
터벅터벅 걸을 수밖에

나침반도 없고 지도에도 없으니

빤히 보이는데도
닿을 수 없으니

힘껏 노를 저어도 다다를 수 없으니

달방

강원도 인제에 가면 낮에도 달이 뜹니다

낮은 지붕과 더 낮은 지붕들의 틈막잇대 사이로
달이 되고 싶은 사내들
달이 되지 못한 사내들이 한껏 몸을 낮추고는
오월 봄볕에 눌린 고요 깊은 골목을 간신히 빠져나옵니다
일당 얼마에 몸을 묶은 사내들
까치발을 하고선 산죽과 산딸나무를 밟고서는
하늘로 하늘로 솟아오르는 것입니다

그럴 때면
산비탈을 훑어내린 마디 굵은 바람이
뻐꾸기 울음을 울기도 하는 것입니다

가끔은 떠돌다 못 떠오른 뭇 사내들과
대처에서 사라졌던 사내들이 작당을 하고선
밤이면 어둠을 뚫고 몰래몰래 솟구치기도 하는 것입니다

여기 달방 있음, 달방, 달방……
한 달에 단 한 번, 단 하루치의 목숨을 걸었더랬습니다

그 남자

딱 여기쯤 멈췄다가
한순간 자지러지는 그 남자

풀어헤친 가슴 여몄다 왈칵 놓아버린 순간,

그 누구의 손길도 거부한
이 세상 단 하나 절명의 외마디를
저 수수 만만 시간의 더미에 함토含吐하였으니

수없이 떠난 자리 누우면 만져지리
수없이 돌아온 자리 귀를 내려놓으면 들리리

잃어버린 첫새벽이 꾸물꾸물 몰려드는 소리
당신이라는 세상이 왈칵왈칵 떠밀려가는 소리

네가 온다는 말

네가 내게로 온다는 말은
내가 네게로 간다는 말이다
한 걸음도 빼먹지 않고 온전히
나를 건넌다는 것이다
네게로 닿는다는 말이다

우리가 접었던 발자국과
우리가 폈던 날개만으로도

걸음을 포기하지 않았다는 말이다

어디에 놓여도 걸음만은 떠내려가지 않았다는 말이다

밥 짓는 아파트라니

매일 밥을 짓는다는 것은 참 거룩한 일이라

집 어딘가에 숨겨 놓은 굴뚝 타고
이른 아침 집안으로 쏟아져 들어온
아래층 밥 짓는 냄새라니

동글동글 밥 냄새 둥근 밥 냄새라니

깍지 낀 마을에서나 피어오르던
고소한 밥 냄새 둥근 밥 냄새라니

오래 잊고 살았던 얼굴들을 번쩍 들어올린

끼니마다 둘러앉았던 두레밥상을 사뭇 들어올린

둥글둥글 그 둥근 밥 냄새라니

좁쌀냉이

좁쌀 한 되 봄 햇빛 한 됫박이 흩뿌려진 늦은 오후

눈어리 젖은 내가 발을 등 구부린 채 발을 씻고 있는데

본숭만숭 등 돌린 그때를 아직도 기억하고 있었는지

문득 빤히 나를 들여다보며 잠깐 허리를 펴는 것이었는데

수북한 결박의 한 생이 수수깡처럼 흔들린 그 순간

자그락 자그락 일렁이던 거친 숨소리가 몇 해 전의 큰 파도를
몰고 와서는

그 오후의 발등을 허옇게 뒤덮은 것은 정말이지 한순간이었습
니다

그것만으로도 행복하지 1

마스크를 쓴 사람들이 빠른 걸음으로 걷는다

더 빠른 걸음으로 강아지가 뒤를 따른다

앞에서도 뒤에서도 걷는 이들은

모두 빠른 걸음인데

모두가 한 방향인데

등을 떠미는 그 누구도 보이지 않는다

앞을 향해 걷는 것이 마냥 상쾌한 것은

아무도 등을 떠밀지 않기 때문인데

마스크를 썼다고 해서 발걸음이 느릴 이유는 더욱 없다는 것인데

그것만으로도 얼마나 다행한 일이냐면서

따가운 가을볕에서도 숨을 고르며 가끔 마스크를 고쳐 써보는
것이다

그것만으로도 행복하지 2

막 버스에서 내린 중년 여성 둘
어깨에 걸친 숄더백도
어제 신었던 신발도
바뀐 것은 아무것도 없다
지나치는 은행나무 가로수가
보도블록의 단단함을 밀어올린 나무의 뿌리까지
땅 위 햇살의 안부도 그대로다

중년 여성 둘 어깨를 토닥이며
경쾌하게 손을 흔든다
비록 마스크를 썼으나
오늘 하루도 얼굴을 볼 수 있었으니
그것만으로도 행복하지
헤어지는 것은 곧 다시 만난다는 것일 테니
아무것도 달라진다는 것이 없다는 말일 테니

투명한 가을 햇살이 달라진 것은 더욱 아니니

그것만으로도 행복하지 3

공원 의자에 삼삼오오 둘러앉은 노인들
그 위로 가을 햇살이 쏟아진다
소나기처럼 쏟아진다
그 눈부신 비를 뚫고 나비가 날아들고
벌이 잉잉대고
지나가던 자전거에서 흘러나온 유행가가 머물렀다 사라지고
바퀴에 감겼던 풀냄새 흙냄새가 훅 끼쳤다가
확 피어오른다

없다, 달라진 것은
아무것도 없다, 나도
공원 의자도 그 위에 눌러앉은 노인들도

바삐 지나가는 시간이 흘끔흘끔 째려보기는 하지만
그게 뭐 대수라고
마스크만 걸쳤을 뿐인데

봄인데

봄인데,
개나리가 병아리 주둥이처럼
활짝 벌어지는데
산수유, 벚꽃이 제 겨드랑이를 간질이며
날개를 일으키는데

마스크에 갇힌 나는,
봉오리인 채 껍질을 벗을 수 없네

붉은 신호등에 포획된 해거름의 자동차가
허우적허우적 사막으로 질주하고
거친 모래폭풍이 잦아들지 않아도

오늘 더는 미룰 수 없네
껍질에 갇힌 나를,

천지사방 툭툭 터지며 만개해야 하네
눈부신 봄이어야 하네

수정 기도

오늘 하루 제가 가진 선함을 지킬 수 있어 감사합니다
오늘 하루 작은 선행을 할 수 있어 감사합니다
오늘 하루 작은 웃음을 주서서 감사합니다
그러니,

지금
제 발이 딛고 있는 이 땅을 제게 주소서
제 발이 딛고 있는 이 땅이 저를 지탱하게 하소서

어제도 아니고 내일도 아닌
오늘,
지금
제 발이 딛고 있는
이 순간 내 것이 되게 하소서

오직 영원하게 하소서

보도블록 한쪽 무성한 늦가을 풀들이
목까지 차오르는 숨을 헐떡헐떡 삼키며 연신 머리 조아리고
있다

엄마는 아직도 늙어가는 중

오래된 집이 햇볕을 쬐고 있다

미간을 좁히며
노랗게 삭은 무릎 세워
벽을 이불처럼 끌어당기고 있다

눈도 귀도 먹어서
불러도 듣지 못하고 돌아보지 못하는데

건듯 바람이
창문을 흔들다가 허연 머리칼 흩어 놓다가
앙상한 어깻죽지를 조곤조곤 주무르는 것이다

그러면
엄마는 턱을 떨어뜨리며 깜빡 졸음을
가랑가랑 삼키는 것이다

하모니카 손

우릿한 밥 냄새 해지개 저녁 부엌에서는 달그락달그락 그릇 부딪는 소리 사각사각 무 써는 소리 꺽뚝꺽뚝 파 써는 소리, 소리 냉장고 달각 닫히는 소리 흐드러진 푸성귀 위에
흔쾌한 물 쏟아지는 소리, 소리, 소리가

식탁 위에는 달강달강 숟가락 부딪는 소리 수수이삭 고개 맞댄 달캉달캉 아이들 웃음소리 어제 그랬던 것처럼 햇미나리 만찬의 흥겨운 소리, 소리
오랜 책 한 권이 활짝 펼쳐지는 소리, 소리, 소리가

손과 손이 만나 손과 손이 익어가는 소리, 소리 어제의 손이 오늘의 손 위에 피어나는 소리, 소리가
알숭달숭 씽씽이 소리를 연주하는 달큰한 저녁이 왔다

금강소나무가 이르기를

울울蔚蔚, 울진 산골짝 길을 걸으면
걷고 또 걸으면 보인다…… 했다

솔가지가
내어놓은 짠한 계곡물을 따라 걸으면
다 보인다…… 했다, 그래서
여물지 못한 걸음마저 선뜻 내어놓았는데

솟구쳐오르다 휘어지던 길 내내
고요를 얻지 못한 궁핍한 오후와
꽃과 잎을 외면한 깃털의 시간과
헛간에 나뒹구는 게으른 걸음이
발길에 툭툭 걷어차이는 것이었는데

울울蔚蔚, 울진 산골짝 계곡물에는
수없이 많은 발가락이 쿵쿵 넘쳐흘렀고
억겁의 금강소나무들이 그때의 물속에 앉아
아직도 발을 쭉 뻗고 있는 것이었는데

아득한 억겁의 갈래 길이 끝내 흩어지지 않고
발끝에 찰랑찰랑 넘치는 것이……
……보이긴 했는데, 나는

여태 금강의 근처에도 이르지 못했다

낙화, 그 이후

몰래 숨어든 것도 아닌데
발소리를 듣지 못한다

하늘은 벌써 아득해지는데
나를 지나쳐 갔다는 전갈은 받지 못한다

자꾸만 작아지는 어깨를 감싸 안고
바닥에 쌓이는 꽃잎을
그저
바라볼 수밖에 없다면

당신을 가로질러 가는 숱한 봄을
이제 내려놓으리

먼 나라의 우화寓話 속으로나 숨어들어
아이의 작은 손에 펼쳐진 그림책으로 남으리

윤범모

윤범모 시인은 1950년 충남 천안에서 태어나 2008년 《시와시학》으로 등단하여 『노을 氏, 안녕』『멀고 먼 해우소』『토함산 석굴암』『바람 미술관』 등의 시집을 냈다. 미술평론으로 일가를 이루고도 차마 저버릴 수 없었던 청춘의 시혼에 불을 댕겨 활달하면서도 뜨거운 언어를 벼려가고 있다. 최근, 정년 이후 징집된 공익근무국립현대미술관 관장를 끝내고 시화일률을 조율하기 위해 진력하고 있다. younbummo@hanmail.net

마라도에서

국토 최남단이란 표지석이 있는
조그만 섬

산방산 아래
모슬포에서 마신 술값
갚아도 좋고
말아도 좋다는 그곳
가파도 아래
마라도

최남단까지 밀려왔으니
더 이상 어디로 갈 것인가
돌섬은 드센 바람과 파도에
연신 얻어맞아
시커멓게 멍들어 있는데

술값 갚으라고?
그래, 이젠 됐다
갚아도 좋고
말아도 좋고

놀고 있는 땅

도시를 걷다가
건물과 건물 사이의 공터를 만났다
금싸라기 땅처럼 보였다
그래서 그런가 사람들은 거길 보고
놀고 있는 땅이라고 불렀다

처음부터 제자리를 지키고 있을 뿐인데
놀고 있다고?
하기야 묵언 수행승을 보고
놀고 있다고 말하는 사람도 있을지 모르지
자신의 진면목조차 잃어버린 주제에

오늘
나는 진짜 놀고 싶구나

어느 봄날
― 이호관의 『능호집』을 읽고

세월은 흘러갔고
빈 술항아리만 남았다
꽃피는 계절이 와도
술이 없어 친구를 부를 수 없다

먼 산 바라보다
애꿎은 항아리만 발로 차니
거기 가득 차 있던
꽃향기가 뿜어져 나왔다

혼자서라도 취기를 느껴야 하는
불쌍한 봄날이다

길

개는 땅을 보고 걷는다
신체 구조상 하늘 보고 걸을 수 없다
그럼에도 불구하고
개는 목적지를 잘 찾아간다

사람은 먼 곳을 보고 걷는다
하늘도 보고
옆을 보기도 한다
그럼에도 불구하고
사람은 목적지를 잃고 곧잘 헤맨다

오늘도 나는 길에서
길이 어디냐고 물었다

껍질

장작불을 지핀다

소나무 껍질은 불씨 되기는커녕
연기만 시꺼멓게 뿜어낸다

껍질 벗긴 바짝 마른 나무
연기 대신 붉은 불꽃 피워주며
온기를 건네준다

세월의 앙금
쭈글쭈글 껍질로 남아
불쏘시개는커녕
착한 이웃 눈물이나 흘리게 하는
허접한 황혼이다

작은 산, 너도 부담스럽다

제일 높은 정상 대신
그 옆의 작은 산에 올라갔다
큰 산이 잘 보였다

내 것은 물론 남의 것도 수중에 넣어야
행복이 오는 줄 알았다
세월이 할퀴고 간 다음
내 것조차 다 챙기지 않으니
헐거워진 만큼 여유가 생겼다

오늘 나는 낮은 산에 올라갔다
꼭대기가 더 잘 보여 내 것처럼 여겨졌다

오른다는 것
이제 작은 산에 오르는 것도 부담스럽다

빈 항아리

술독
지독한 놈이다
술 담았던 항아리는 장을 담을 수 없다
술독毒에 찌들어
이제 아무짝에도 쓸 수 없다
구수한 된장 한 종지조차 담아 줄 수 없는

허우대는 멀쩡하지만
평생 술에 쩔어
속 빈 놈
멍청하게 후미진 구석이나 겨우 차지하고 있을 뿐

내 몰골과 겹쳐지는
빈 항아리 하나

큰일 났습니다

폭염과 열대야로 시달린
지난여름
우리 백성들은 살아생전에
확탕지옥鑊湯地獄을 체험했습니다
그래서 사후에는 모두
천국으로 갈 것입니다

큰일 났습니다

시껍했네

바람 일으켜 세워놓고
꽃잎 하나 떨어지는구나

바람에
이 몸도 갸우뚱
추락할 뻔했네
오늘이 마지막 날인 것처럼
정말
시껍했네
이 한 순간의
십겁＋劫
시껍했네

꽃망울 맺건
꽃잎 떨어지건
찰라, 찰랑
찰라, 찰랑
그것은 십겁
시껍했네

별 헤는 밤

— 배종헌의 설치작품에 대한 주석

여보게
나이가 든다는 것은 하늘의 별을 잃는다는 것인가
어렸을 때 보았던 그 많고도 많았던 별들
지금은 다 어디로 갔단 말인가

여보게
오늘 빌딩 숲을 걷다가 발걸음 멈추었네
어허, 별들의 숲
언제부터 하늘의 별들이 지상으로 내려와
도시를 가득 채우고 있었던가
별이 촘촘히 박혀 있는 거리의 상표들
LG TV 화면을 힐끗 보면서
롯데리아를 지나고
스타벅스를 지나고
오리온 과자를 먹고
칠성사이다를 마시고
반짝이는 운동화를 신고
은행과 투자회사를 지나
질주하는 벤츠 곁에서
삼성 스마트폰을 들여다보고

여보게
사라졌던 별들이 도시로 내려와
어린 날의 꿈조차 앗아가 버렸는데
우리는 어디로 가야 좋단 말인가

이제 도시의 거리에서 대낮에도 짓밟히고 있는
별 헤는 밤!

가야산 홍류동에서

인간들 시비 다투는 소리가 들려올까 봐
계곡 물소리로 산을 감쌌다고
신라의 대선배님은 노래했는데
그런 노래를 바위에 새겨 놓았다는데

도시의 귓가에서 맴도는 아귀다툼 좀 씻어볼까
가야산 홍류동 계곡에 갔는데
물소리는 빈혈에 허부적거리고
대신 관광객 흥청거리는 굉음만 가득했는데

인간 세상 꼬락서니 보기 싫어
하늘은 홍수 앞세워 계곡을 뒤흔들어 놓았다는데
고운孤雲 시비詩碑도 엎어버렸다는데

참, 잘했다

베니스의 도마뱀

베니스 비엔날레와 함께
아르세날레 길목 해군클럽에서의
젊은 전시
설치미술치고는 보기 어려웠던 것
로비의 바닥을 향 가루로 가득 채웠다
향 가루로 쓴 돋을새김의 문자
베니스의 게이바 간판들이라고 했다
남자가 남자를 그리워하는 곳

전시는 이색적인 분향 의식
덕분에 건물 안은 향 타는 내음으로 가득했다
향 가루로 새긴 이름들은 천천히 재로 바뀌었다
아무리 정성 들여 썼다 해도
지워지는 이름들

어느 날 밤 불청객이 쳐들어왔다
작품 위로 길게 그어진 발자국
불타는 곳에서는 뜨거웠는지 몸부림 흔적도 보였다
보폭으로 보아 도마뱀의 소행이라 했다
추가된 도마뱀의 발자국

드디어 작품을 완성시켰다

애기봉愛妓峰

언덕에 오르니 기다렸다는 듯
아늑한 풍경이 펼쳐진다
한강과 임진강이 만나
정답게 바다로 흘러가는 곳
이름도 조강祖江이라고 따로 지어 준 곳
민물과 짠물이 만나는 기수역이어서 그런지
오늘도 늠름하다

남북 대치의 현장이라 하나
그 흔한 철책선은 없고
떠다니는 배 한 척 역시 없다
강 건너 개풍군의 아담한 마을은
인기척조차 없다

분단의 한강 하구에서
애기愛妓는 만날 수 없지만
조강은 내 편 네 편
편 가르지 않고
아래로
아래로만 내려가고 있다

펀치볼 소나무

적당한 능선으로 병풍 둘러쳐진
아늑한 분지
비옥한 토질인지 인삼밭 넓고
시래기 말리는 비닐하우스 참 많다

억새밭에서 북녘 산자락을 보니
능선 가까이에 기다랗게 금을 그어놓았다
접경지대의 경계선
그 너머는 갈 수 없는 땅이라 했다
(왜, 우리는 갈 수 없는 하늘을 가지고 있는가?)

양구 펀치볼
수목림을 거닐다
수양버들처럼 나뭇가지가 아래로 처진 소나무를 만났다
차마 하늘 보기가 부끄러웠는지
펀치볼 소나무는 오늘도 고개를 숙이고 있다
(왜, 소나무는 사람 대신 벌서고 있는가?)

들리는가, 본존상의 한 말씀

— 토함산 석굴암

나는 매일같이 떠오르는 태양을 보면서 그대들과 함께 있노라
토함산의 추위와 더위
밤과 낮 모두 끌어안고 그대들과 함께 있노라
그대들의 영욕 모두 품어 안으며
토함의 정기를 지키겠노라
나의 모습은 사실 부질없는 것
형상에 집착하지 말라고 늘 일렀거늘
하지만 아직도 미명에서 헤매고 있는 이를 위해 내 모습을 잠시 보여주겠노라

나의 모습 또한 그대들의 모습과 다를 바 없으니
다만 어둠을 가셔내어 서른두 가지의 특징을 보이게 되었지만
이 또한 무슨 대수랴
나는 그대들과 똑같노라
진리를 찾아가는 데 게으름을 피우지 말라
나의 모습은 어떻게 보이는가
연화좌에 앉아 있는 모습, 위풍도 당당한가
이목구비는 정연한가
더운 나라 인도 출신이어서 얇은 옷을 입고
오른쪽 어깨를 드러내고
왼쪽 어깨 위로 걸친 우견편단의 패션 스타일

그러다 보니 젖꼭지까지 살짝 비추게 되었구나
부드러운 옷주름과 더불어 가부좌 틀고 앉아 있는 모습
왼손은 오른쪽 발바닥 위에 올려놓고
오른손은 무릎 아래로 내려놓아
항마촉지인의 수인을 하고 있도다

그대들이여
두려움을 갖지 마라
진리가 그대들의 편일지니 무엇이 두려운가
내가 깨달음을 얻는 순간
바로 정각의 모습, 바로 이러했거니
오랜 세월 고행한 끝인지
깨달음의 순간도 별로 표가 나지 않는구나
원만 자비심의 얼굴
하지만 한없는 열락의 순간
나의 몸에 가득하구나
얼굴에는 깨달음의 순간을 진하게 보이지 않았지만
나는 깨달음의 순간을 표현하지 않은 것도 아니도다
나의 오른쪽 손가락을 주목하라
두 번째 손가락을 세 번째 손가락 위로 포개 올려놓지 않았는가
세상의 어느 불상에서도 보기 어려운 모습
깨달음의 순간을 나는 이렇게 손가락으로 표현해 놓았도다

깨달음이라
아무쪼록 그대들도 나의 깨달음을 나누어 갖기 바란다
두 개의 손가락을 포개 없는 것
깨달음이 그렇게 먼 곳에 있는 것도 아니거늘
자, 그대를 둘러싸고 있는 어둠부터 걷어내야 하느니
오늘도 해는 동쪽 하늘에서 떠오르고 있구나

윤효

윤효 시인은 1956년 충남 논산에서 태어나 1984년 《현대문학》으로 등단하여 『물결』『얼음새꽃』『햇살방석』『참말』『배꼽』등의 시집과 시선집 『언어경제학서설』을 냈다. "짧은 말, 그러나 시골 간이역 나부끼는 손수건의 이별처럼 아득한 시"와 "쉬운 말, 그러나 가슴에 남는 시"를 꿈꾸며 시의 진면목과 마주 서고자 애쓰고 있다. 시동인 〈작은詩앗·채송화〉 동인으로 활동하고 있다. treeycs@yoonhyo.com

배꼽

일주문도 사천왕문도 대웅전도 조사당도 요사채도 사라지고 범종각 구리종도 자취 없이 사라지고 돌탑만이 남았다. 쑥대밭 한가운데 비바람이 지어준 가사를 들쳐 입고 돌탑만이 홀로 남았다.

세계문화유산

    이슬람왕조의 세련된 건축과 정교한 조각으로 유명한 스페인 그라나다 알함부라궁전 내밀한 안뜰에는 정작 아무것도 없었다. 이런저런 장식을 모두 물리치고 오직 마당 넓이만큼의 사각 수조에 물을 반듯하게 모서 놓고 있었다.

    목마름이 이룩한 최고의 걸작이었다.

성스러운 숫자들

　안토니오 가우디가 1882년 첫 삽을 뜬 스페인 바르셀로나 사그라다 파밀리아 성당은 136년째 공사 중이라 한다. 2018년 현재 70%밖에 지어지지 않았다 한다. 가우디 타계 100주기가 되는 2026년 완공을 목표로 한다고 한다. 그런데 하루 평균 12,000명의 세계인이 찾는다는 이 성당이 사실은 불법 건축물이라고 한다. 착공 당시 시 당국의 건축허가를 받지 않았다고 한다. 성당 건축위원회는 법을 어긴 것을 인정하고 시 당국에 464억 원의 벌금을 내기로 했다고 한다.

　유네스코는 1984년 이 미완성 성당을 세계문화유산으로 등재했다고 한다.

대마리大馬里 1

　대마리가 민통선 이북이었던 시절, 하루는 대통령인가 하는 사람이 그랬답니다. 누구든지 여기 들어와 지뢰를 걷어내고 농사를 지으면 그 땅을 그냥 주겠다고 했다는 것입니다. 저 멀리 외지에서까지 사람들이 모여들어 다투어 땅을 뒤졌답니다. 그리고 봄이 되면 지뢰를 걷어낸 만큼의 땅에 한 포기 한 포기 벼를 심어 나갔답니다. 그로부터 몇 해 지나지 않아 대마리도 철원평야의 어엿한 한 자락이 되었답니다.

　오늘같이 눈부신 칠월이 되면 대마리 사람들은 논가에 서서 갈매빛깔 벼들을 오래오래 바라보곤 하였답니다. 목발을 짚고 서서 하염없이 바라보곤 하였답니다.

대마리大馬里 2

　우리나라 벼들 중에서 철원 들녘 벼들이 가장 씩씩할 터인데, 그중에서도 대마리 벼들이 제일 꼿꼿하구나

　여태 쌀 한 톨 팔아 본 적 없지만, 대마리쌀 넉넉하게 팔아서 고봉으로 푸지게 먹고 싶다

대마리大馬里 3

포천, 운천, 신철원 지나 한탄강 승일교 건너, 피안에 이르는 길답게 여러 차례 검문을 받으며 한참을 달려야 비로소 다다를 수 있는 절이 도피안사到彼岸寺입니다. 이 절에서 나와 3층 높이의 폐허로 남은 노동당사 지나서 북쪽으로 조금 더 올라가면 백마고지 못미처 대마리가 있습니다. 물론 38선 훨씬 이북입니다. 38선이야 고작 경기도 포천 땅을 가로지르는 걸요.

치치하얼 1

흰 이마 위에 붉은 점 박힌

학이 선뜻 깃들이는

짙푸른 호숫가

다짜고짜 내달려간 풀빛이 하늘빛과 만나서

아스라이 일직선 긋던

심양에서 비행기 갈아타고

하얼빈 송화강 건너

광막한 평원을 두더지처럼 날아야 닿을 수 있던

백양나무 꽃술이 펑펑 내리던

치치하얼 2

흑룡강성 치치하얼 교외 눈강嫩江가 조선족 마을 선명촌鮮明村 온 하늘에 홍건히 노을이 내릴 때 나는 그 마을의 가장 어린 나무가 되어서 하염없이 서 있을 수밖에 없었습니다.

희한한 아름다움

몽마르트르 언덕 위 샤크레쾨르 성당이 저토록 우아하게 보이는 것은, 파리의 하늘빛 중에서도 가장 정결한 빛이 그 상아빛 돔 주위를 항상 감싸고도는 탓이겠지요. 또한 몽마르트르 언덕 위 샤크레쾨르 성당이 희한하게도 저토록 성스럽게 보이는 것은, 그 언덕 아래에 빨간 풍차의 물랭루주를 품고 있는 탓이겠지요.

루브르에서

제 들숨 날숨 따라 그 찰진 살결을 연신 파르르 파르르 떨던 미로의 비너스는, 허리 끝에 가까스로 걸린 옷가지가 주르르 흘러내릴 것 같아 되레 내 숨을 몰아쉬게 하던 미로의 비너스는 차마 눈이 시려 오래 바라볼 수 없었습니다.

아아 그러나, 지하 전시실 복도 석벽에 투박하게 새겨진 여러 개의 하트 모양을 보았을 때, 이 건축 공사에 징발된 천 년 전의 그 사내들이 멀리 두고 온 사랑을 사무치게 그리며 돌을 깎다가 무심코 새겨놓았을 여러 개의 하트 모양을 보았을 때에는 나는 그만 그 자리에 주저앉고 말았습니다.

소렌토

언덕 위엔 올리브나무가 숲을 이루고 있었다

그 아래, 바다를 향해 창을 낸 하얀 집들이 층층이 들어서 있었다

이 작은 항구의 물빛이 먼 바다로 번져나가 쪽빛으로 반짝이고 있었다

월아천

산맥 정수리 눈더미는 바다가 그리웠습니다.

출렁이고 싶었습니다.

만년설로 묶어버린 게 그렇게 갑갑할 수가 없었습니다.

한 모금씩 땅 밑으로 스며 길을 내기 시작했습니다.

그렇게 한 뼘 한 뼘 바다로 가다가 모래들의 울음 소리를 들었습니다.

이번에는 모래들이 그렇게 걸릴 수가 없었습니다.

땅거미 기다려 살짝 내다보기로 하였습니다.

그러다가 붙들리고 말았습니다.

초사흘 초승달에 붙들리고 말았습니다.

타슈켄트
― 우즈벡 詩抄 1

우즈베키스탄 수도 타슈켄트 시티팔레스호텔에 높이 들어 창밖을 보니 건물들의 키가 다 고만고만했다. 잠시 낯설었으나 이내 푸근해졌다.

나는 요철凹凸에 너무 많이 시달려왔던 것이다.

차르박 호수
— 우즈벡 詩抄 3

선 채로 사막이 되어버린 산 아래 쪽빛 호수가 있었다.
선뜻 받아들이기 어려운 풍경이었다.
너무나 가혹한 색상대비였다.
한참을 서성이자 시나브로 납득이 되었다.
산의 푸른빛을 그리워했던 것이다.
산이 기르던 푸나무들을 잊을 수가 없었던 것이다.
그래서 그 빛깔을 저렇게 제 안에 고스란히 품어 안고 있었던
것이다.

그날도 호수는 바람을 불러 철써덕철써덕 산을 흔들어 깨우고
있었다.

아이다르 호수
— 우즈벡 詩抄 4

  가도 가도 끝없는 사막 속에 비단호수가 숨어 있었다. 외로운 낯빛을 들키지 않으려고 토라진 계집애마냥 입술을 앙다물고 있었다. 안쓰러웠던지 지평선이 해를 서둘러 끌어내리고 있었다.

이경

이경 시인은 1954년 경남 산청에서 태어나 1993년 계간 《시와시학》으로 등단하여 『소와 뻐꾹새 소리와 엄지발가락』『흰소, 고삐를 놓아라』『푸른 독』『오늘이라는 시간의 꽃 한 송이』『야생』 등의 시집을 냈다.
sclk77@hanmail.net

시

미치지 않기 위하여
나는 어디엔가 미쳐야 했다

이륙

사랑이라고 하면 안 될까
발이 땅에 닿지 않는 이 잠깐을
크고 무거운 쇳덩어리를 날아오르게 하는 힘

천천히 오래 트랙을 도는 망설임도
한곳에 멈추어
잠깐 딴 곳을 보는 심호흡도
느닷없이 지축을 흔들며
지구를 박차고 오르는 팽창도

솜사탕처럼 달라붙는 구름도
천둥 번개의 뒤척임도
앞과 뒤를 자르며
순간과 영원이 뒤섞이는 속도도

이 비행이 가 본 적 없는
황량한 벌판에 우리를 내려놓을 것을 안다
이륙보다 착륙이 더 어려우리란 것도

가자미식해

어둠 속에서

살과 뼈의 경계를 허문다

사랑의 육즙으로

원한의 가시가 발효되고 있다

겨울밤 가자미식해 익는 냄새

임진강 건너

밥알 같은 불빛 하나

건너다보는 함경도 에미나이

무덤 하나

겨울 DMZ

얼마나 많은 너를 잃어야 끝이 보일까
푸르고 푸른 아우야 아우들아
갈라진 상처 속으로 강물이 소금을 뿌리며 흐르네

스물한 살 몸에 큰 군복을 입고
무거운 철모를 쓰고
저벅이는 군홧발 소리
너는 끝내 돌아오지 않았다
늦도록 불 켜진 어미의 문밖을 서성이지도 않았다

울지 마세요 어머니
한마디 비수처럼 꽂아두고
땅을 치는 어미를 돌려세우고
우는 애인을 돌려세우고
바람의 벽 속으로 너는 돌아서 가나

얼어도 얼지 않는 피
흘러도 흐르지 않는 강
씻기지 않는 피의 절벽 꽃의 노래가
철사 가시 위에 널린 여름 옷가지들처럼
건드리면 금방 찢어질 것만 같아

얼마나 많은 강물이 흘러야 너를 잊을까
푸르고 푸른 아우야 아우들아
갈라진 상처 속으로 강물이 소금을 뿌리며 흐르네

그곳에 벽이 정말 있기는 했을까

그곳에 벽이 있다고 했네

만질 수 없어서 부서질 수 없는 벽

마음 없는 새들이 유유히 넘어가고

이념 없는 꽃들이 씨를 날려 보내는데

살아서 못 가는 고향이 있다고 하는

그곳에 벽이 정말 있기는 했을까

일방통행

이삿짐을 부린 첫날 벽에 구불구불한 금이 생겼다
금이 아니라 줄이다 줄을 물고 일사불란 이동하는 개미 떼다
거실을 가로질러 주방 벽을 타고 오르는 가파른 벼랑 위
그곳에 꿀병이 있다
꿀병 속으로 꿀병 속으로
쉬지 않고 전진하는 개미들의 행군
길고 긴 줄을 잡아당기는 꿀의 향기가
이미 걷잡을 수 없이 퍼져서 개미 소굴까지 퍼져서
아뿔싸, 먹으러 가는 줄은 있는데 돌아오는 줄이 없다
멈출 수 없는 죽음의 일방통행
누가 집으로 돌아갈 수 있을까
한 번 꿀맛을 본 개미는 입이 붙어버려 손발이 빠져들어
허우적댈수록 더 깊이 빠져들어 누가
멈출 수 있을까 꿀 앞에서
개미 한 마리가 돌아서서 개미의 줄을 돌려세울 수 있을까
저 달고 끈적끈적한 혀가
보이지 않는 개미집을 통째로 먹어 치우는 중이다

줄이 길다

김밥가게 앞에 줄이 길다 멀리서 오는 길이다 멀리 가는 길이다

바다에서 김을 건져 올려 채반에 말리는 사람 무씨를 흙에 묻어 단무지를 만드는 사람 닭을 길러 달걀을 받아내는 사람

소를 잡는 사람 청대를 잘라 채반을 만드는 사람 무논에 벼를 일으켜 세우는 사람 트럭을 몰고 밤새 고속도로를 달려온 사람……

김밥 한 줄을 먹는 동안 멀리서 온 길들이 입안에서 으스러지게 끌어안아 몸 섞는 동안

머릿수건을 쓰고 김밥을 마는 여자는 연변 말씨를 쓴다 검은 김을 깔고 흰 밥을 펴고 여자가 꼬아나가는 오색 동아줄

굵고 튼튼한 탯줄이 지구의 공복을 몇 바퀴째 돌아나가고 있다

안동역

누구나 한 번쯤
오지 않는 사랑을 기다려보지 않았을까
안동역에 눈이 내리면 눈이 내려 푹푹 쌓이면

길이 어긋나 손닿지 않는 사랑과
무구한 기다림에 대해 생각한다

먼 산맥을 뚫고 달려와
바다를 향해 내달리는 차가운 레일 위에서
당신은 북으로 나는 남으로
생살 찢으며 비껴가는 기적소리

새벽 눈 밟고 가서 못 오는 사람을
미움도 사랑도 못 하는 대합실에서
하얗게 쇠어가는 머리카락을
간고등어같이 짜게 절여진 그리움을 보네

안동역에 눈이 내리면 눈이 내려
푹푹 쌓이면

베틀

어머니는 베틀에 몸을 묶었다
그리움보다 팽팽하게 끈을 조였다
발에 맨 삼줄을 당겨
잉아를 들어올리면
벼랑 하나 다가서고
줄을 놓으면
더운 숨 한 가닥 날실에 갇힌다
어머니는 바디집으로 올을 다독이고
보름새 베 바닥에 달이 진다
이슬이 무거워 댓잎 지는 기척에
바디집 소리 귀를 세운다
칠거지악 칠거지탁
칠거지 칠거지 칠거지 탁탁
첩의 방에는 날이 새지 않는데
도투마리가 돌아누울 때마다
죽비 내려치듯
벳대가 떨어진다

거미

저놈은 집이 덫이다
기는 놈 위에 나는 놈 있다더니
나는 놈 잡아먹는 기는 놈 있네
언제나 낮은 포복으로 엎드려 기면서
꽁무니로 웃는 녀석
너무 낮게 기는 놈은 위험하다
안개처럼 부드럽게 감겨들어 끈적끈적한 습기가
알게 모르게 시계를 흐리면서
몸이 감긴 줄 알면 이미 늦으리
함부로 하늘을 밟는
외줄 타기 명수
저 가늘고 질긴 덫을
나팔꽃 덩굴이 타고 오른다
짧고 환한 꽃도 날마다 피는 덫이다

게으른 사랑

애인 하자고 해놓고
아직 손톱에 꽃물 들이지 말라고 해놓고
그대는 그 말을 잊어버리고
흰 손톱 위에 천 개의 달이 뜨고 천 개의 달이 지고
한 세기가 기울어지도록
백치 손톱 위에 짓찧은 꽃멍울 올려놓는 사람아
어느 마을에서 머리카락이 세었는지
처음이듯 붉은 겹봉숭아꽃 뭉클뭉클 쏟아놓고
만날 수 없어
작별을 못 하는 사람아

전업專業

갠지스강 항하쯤 되는 꿈의 모래밭에 누가

바람의 일필휘지로 시를 쓰고

모래로 덮어버리고 갔다

꿈 깨어 한참을 더듬었으나

한 글자도 건져내지 못했다

그날 이후

뜨거운 모래밭에서 부화하는 새끼 거북이같이

무엇인가 꼬물꼬물 기어 나오기 시작했다

파묻힌 문장이 다 드러나는데

백년이 족히 걸리겠다

물수제비뜨기

있는 힘을 다해

마음을 멀리 던져요

돌 중에 죄가 가벼운 돌 하나를 골라

내가 쏘아 보내는 돌화살

당신 가슴 딛고 갈 수 있는 데까지

멀리 가라

불새 되어 날아오르거나

바이칼 호수 깊은 곳에 물돌로 눈뜨거나

그건 모두

당신 품안일 테니

팔만사천 마디의 기쁨

하늘아
하늘아 문 열어라

나는 가릴 것 없는 사지로
너의 형틀에 매달리노라

사랑이거든
죽음의 동굴 저쪽 끝에서
빛으로 오는 사랑이거든
나지막이 내 손을 잡아다오

팔만사천 마디의 아픔으로
네게로 네게로 마중하는
황홀한 이 고통 속을 걸어

꽃술 같은 속눈썹 단
예쁜 님이 오시게

적멸을 위하여

침묵보다 더 큰 소리가 없어
만근 구리종은 귀가 먹었다

임 연 태

임연태 시인은 1964년 경북 영주에서 태어나 2004년 《유심》으로 등단하여 시집 『청동물고기』를 냈다. 불교계 중견 기자로서 쌓은 숱한 현장 취재 이력이 역마살로 굳어져 『부도밭 기행』 『절집 기행』 『히말라야 행선 트레킹』 『정자에 올라 세상을 굽어보니』 등의 기행집과 『철조망에 걸린 희망』이라는 난민촌 르뽀집을 내기도 했다.

mian1@hanmail.net

거룩한 소식

개울 건너다니는 집배원을 위해
건너편에 우체통 삼아 책상 하나 놓았는데,
4월 어느 날 서랍을 열려다가
화들짝 놀라 엉덩방아 찧을 뻔,
서랍 안에서 박새 한 마리
화살처럼 날아가고
얼떨결에 열어 본 그 안에
옴팡지게 지어진 집 한 채,
동글반반한 새알 여섯 개,

아,
우체통 안에 깃든 산란産卵

몇 생을 돌아 배달된 걸까?
이 거룩한 소식!

공수래공수거

어디서부터 어떻게
손을 써야 하는지
발버둥 치기 전에
손 먼저 버둥댔음을 잊어버리고

발을 내딛기 전
손 내미는 것부터 배웠음을 잊어버리고

발로 걷어차고 밀어내는 것보다
손으로 쓸어 담고 잡아당긴 게 많음을
잊어버리고

발가락과 손가락 개수는 같아도
길이가 다름을 잊어버리고

손이 발이 되도록 살아온 듯하지만
사실은 한 번도 제대로 손 쓴 적 없는
어디서부터 손을 써야 하는지
도통 모르다가 끝내 도통하지 못한 채
어느 순간 폈던 손 오므려지지 않으면
그게 끝인 줄 알라는 그 말씀

대답

푸른 잎 다 떨구어 낸
나무에게 물었다
허전하지 않느냐고
쓸쓸하지 않느냐고

찬바람 앞에 선 맨몸의
나무에게 물었다
춥지 않느냐고
힘들지 않느냐고

세상 다 얼어붙은 어느 날
마침내 대답 한마디 던져 주었다

괜찮아,
허전할수록 쓸쓸할수록
추울수록 힘들수록
새봄엔 더 무성할 테니까

길 속의 길

길이 사라졌다

하룻밤 폭우에 흙이 쓸려가고
깊이 파인 도랑으로 물이 흘렀다

지게를 지고 걷던 길
예초기 돌려 풀 깎던 길
트럭 바퀴 자국을 피해
질경이가 돋아 있던 길이 사라지고
길 속에 숨어 있던 또 다른 길
물길이 드러났다

본래 길은 물길이었을까?

그래서 폭우의 힘을 빌려
본래의 모습을 드러내고
아무 생각 없이 지나다닌 나를
비웃고 있는 것일까?

길 속에 길이 있음을
내 안의 내가 알 수 있도록
천둥 벼락처럼 폭우처럼

하룻밤의 사자후를
토해낸 것이려니

달맞이꽃

세상은 노란색이야.
여름의 끝에 매달려
잠깐 살았다 죽는 동안
볼 수 있는 유일한 색이야.

아직 달은 뜨지 않았어도
온몸 물들이는 기다림이
휘영청 밝은 노랑이란 말이지.

그리움은 노란색이야.
마지막 한마디의 생생한 기억으로
온몸 바람에 맡겨 흔들리는 색
노랑이 아니고는 견딜 수가 없겠지.

너무 많은 것을 연상하지 마.
너무 많은 이유를 대지도 말고
너무 많은 의미에 갇혀서도 안 돼.

그냥 세상은 노랑이고
노랑으로 기다리고
노랑으로 맞이하는 거야.

밝은 기억으로 스며들어
온몸을 노랗게 물들여주는
처음인 듯 마지막인
그런 밤을 기다려.

말하자면,

내 나이 백 살이 가까운데,
가끔은 이렇게 사는 게 미안하기도 해.
마누라 먼저 간 지 20년 넘었거든.
애들에게 짐 아닐 수도 없는 거고.
그저 배나 안 곯고 살라고
들어온 탄광인데
내 나이 들어가는 만치
빈집이 늘어나더니
이젠 내가 빈집처럼 허물어져 가는데
아침 햇살보다 저녁놀이 더 볼 만해.
세상 변하는 게 빠르긴 빨라.
내가 뭘 알어?
뭐, 말하자면 그렇다는 거지.
그나저나 손주는 보았수?
이 동네 갓난애 울음소리 들린 지
40년은 넘은 듯한데
뭐, 요새는 시집 장가도 안 간다니
명절이나 되어야 저쪽 집
어린것들 한 번 보는데,
말하자면, 나는 또 그게 진짜 명절이야.

독백 같고 푸념 같고 독경 같기도 한

어르신 말씀을 듣다가 돌아오는 길에
우린 아들 둘 낳았으니 기본은 한 거지?
아내의 으쓱한 어깨 위로 고추잠자리가 맴돈다.

마을 끝자락 내 농막으로 가는 길
소국과 구절초 쑥부쟁이 달맞이꽃이
지천으로 피었는데,
저것들이 소리 없이 화려한 순산順産으로
마을을 장엄해 온 날들을 생각하다가
저 원색의 꽃그늘 아래에서는 아기 울음소리 같은 게 들리지
않을까?
이런 생각을 해 본다.

뭐, 특별한 것은 아니고
말하자면 그럴 수도 있다는 거다.

그 마을

무료로 사용 가능하다는
커다란 망원경에 눈을 대니
그 마을이 보였다

논에는 벼가
밭에는 옥수수가
뜨거운 여름 볕을 삼키며 서 있고
낡은 시멘트 집과 좁은 길에는
사람이 없었다

이리저리 살피다가 운동장 옆
지붕만 얹힌 막사 아래
사람들 모여 있는 모습이 보이자
나도 모르게 소리쳤다
"야, 저기 사람 있다!"

거기 사람 있는 게
그리 놀랄 일인가?

망원경 속 그 마을
조강* 건너 북쪽의 첫 마을
'선전마을'이라 불리는 그 마을에서

사람을 보고 온 오후 내내
차라리 아무도 없었다면
내 마음은 어땠을까?
그 생각이 떠나지 않았다

* 조강 : 경기도 김포에 위치한 강. 임진강과 한강이 합수하여 서해로 나
  가는 강이다.

매미, 8월의 아침

열창도 이런 열창이 없고
'떼창'도 이런 '떼창'이 없겠지만
단지 울음소리로 들릴 뿐

매미 울음소리로 열리는
8월의 아침
목 터지라 울어대고
내가 죽든 네가 죽든
죽어보자 울어대는 소리를 따라
아침 기온도 불쾌지수도
빠르게 올라간다

쇳조각처럼 앙칼진 울음 속
출근길은 정체가 시작되고
출근길의 끝에는
어제 다 못한 일들이
식은 밥으로 뭉쳐져 있을 거다

때 없이 세상을 자극하는 건 옳지 않다
물색없이 세상을 비난하는 게 허망하듯
울 때 웃을 때를 못 가리는 것도 난감하고

매미 울음소리로
빠르게 달궈지는 8월 아침
울고 싶어도 울지 말고
토하고 싶어도 토하지 말고
누구도 자극하지 말기를
누구도 비난하지 말기를
스스로 다짐하는

한 달만 더 버텨 보자고
스스로 다짐하며
등줄기에 땀 맺히는
8월, 아침

미니벨로

세상 둥근데,
둥글둥글 살아야지

술 취한 그는 늘 이런 말을 했어
퇴근길에 작은 자전거를 끌고
기우뚱거리며 쉰내 풍기는 그림자도 끌고
크지도 작지도 않은 목소리
들릴 듯 말 듯, 그래도 다 들리는
그의 한마디는 늘 자전거 바퀴처럼
돌고 돌고 또 돌았지.

세상 둥근데,
둥글둥글 살아야지

작다고 작은 게 아니고
크다고 큰 것도 아닌데
큰길 가 정치 현수막 글귀처럼
날을 세우고 각을 드러낼 필요가 있느냐고
그가 골목에 흘려 놓는 말들은
보도블록 틈새에 돋아난 풀처럼
나름의 결기가 있었지만
누구에게도 관심받지 못했어

그는 자전거를 끌기만 할 뿐 타지는 않았어
안장에 올라앉아 두 발로 페달을 밟으며
속도를 밀어내고 시간을 당겨오는
그런 모습을 본 적이 없어
작은 바퀴에 실리는
몸무게와 피로의 무게들을
감당하기 버거운 퇴근길이었겠지

둥근 바퀴의 둥근 일상이
믿음으로 자리 잡지 못하는 날들이
차라리 두 손으로
세상을 끌고 가게 했을지 몰라

측은해 할 필요는 없어
그에겐 멈추지 않는
주문 한 구절이 있으니까

세상 둥근데,
둥글둥글 살아야지

신촌

새 이름표를 달아도
오래된 마을은 오래된 마을
아직도?
라는 놀라움과 의아함이
골목마다 웅크리고 있다

신상 화장품을 썼다고
얼굴마저 새것일 수 없듯
새로워 보이는 풍경들 속에도
미처 지워내지 못한 과거가
현재로 살아 있는 거다

최첨단 암 전문 병원으로 가는 길은
노숙자의 아침처럼 부스스하고
4차산업에 밀린 2차, 3차산업 잔해들이
삭신 쑤시는 저녁을 당겨온다

따지지 말고 그냥
보이는 대로 보고 살기로 작심해도
보이는 것 사이로
보이지 않던 틈이 보이는
그 미세한 긴장감으로 살게 되는 곳

새 이름의 이름값이 쉬 이해되지 않듯
하루의 생존에 매겨지는 가치를
누구도 알지 못하는 곳에
오늘도 나 대신 살아주는
누군가의 허기가
오피스텔 그림자에 묻히고 있다

선산先山

고향 뒷산 가득한
남향 유택

대대로 한 채씩
생멸生滅의 법당

눈비로 공양 올리고
별 바람이 안부하며
세월 따라 그려 온
가계도

점, 점, 점 찍혀 있는
적, 적한 말줄임표

마침내
마
침
표

윤회

모과나무 아래서 낙엽을 태운다
열매보다 먼저 떨어져 뒹굴던 잎들이
눅눅한 생의 무게를 내려두고
머리 풀어헤쳐 저승으로 가는 하얀 춤사위
일렁이며 그 장단 돋우는 불길이
생각보다 거친데
낙엽이 타는 동안에도 타지 않는 건
낙엽을 태우는 바로 그 불길

불이 불을 태우고
가을 산도 타들어 가는 아침

불의 헛바닥이 널름널름 집어삼킨 잎들은
이제, 불이 되었을까?
볕이 따스한 내년 봄 그 어느 날
모과나무 가지에 헛바닥 쓰윽 내밀며
안부를 물어 올까?

지렁이

잠시 몸 말리러 나갔던
아스팔트가 끝이라니

퇴근길에 만난
불어 터진 반 토막

쓰려다 만 사연같이
실종된 삶의 흔적

미완의 S라인

퇴직 전야

외진 능선 바람길에
별을 닮은 풀꽃 하나
피었다 지는 동안
이 별을 다녀가는
나그네의 등 뒤로도
별은 뜨고 지는데
더러는 축복의 하루가
피었다 지고
더러는 절망의 하루가
가라앉았다 솟구치고
그렇게 수그러드는 풀꽃으로
모였다 흩어지는데
왜 그래야 하는지는
모를 뿐이다

여전히,
모를 뿐이다.

푸짐한 소식

걸레스님 중광이
내설악 백담사에서 지내던
말년의 그 어느 가을날
그의 방에서 잠시 마주 앉았었는데,
콧물 찔찔 훔쳐내는 산송장 같던 그가
이빨 빠진 웃음기 거둬들이며
어이, 기자 양반,
내 오늘 아침 시 한 수 갈겨 봤는데
들어 볼래? 하더니
초등학생 일기장 같은 공책을 펼쳐
장중하게 읽어내는 한 소절,

부처님 자지는 말자지,
이 얼마나 푸짐한 소식이냐!

어때? 좋지? 마음 그득하지?
하고는 핑핑 코를 풀어제끼며
사타구니를 벅벅 긁어댔다.

그해 가을,
설악산 단풍 유난히 푸짐했다.

홍사성

홍사성 시인은 1951년 강원도 강릉에서 태어나 2007년 《시와시학》을 통해 등단했다. 시집 『내년에 사는 法』 『고마운 아침』 『터널을 지나며』 『샹그릴라를 찾아서』를 냈다. 바짝 마를수록 맑은 울음을 우는 목어의 시 정신과 따뜻한 언어로 삶의 애환을 그려가고 있다.

sshong4@hanmail.net

안부
— 동물의 왕국 1

아침부터
가젤과 사자가
초원을 질주합니다

야생에서는
달리기를 멈추면
그것으로 끝장입니다

그곳에서도
넘어진 자에게는
용서가 없다고 들었습니다

요즘 안녕하시지요?

사냥
— 동물의 왕국 2

아침에 나갔다 저녁에 돌아옵니다

밤늦게까지 헤맬 때도 있습니다

목 좋은 곳은 절대 양보하지 않습니다

허탕 치지 않도록 두 눈 번득입니다

빼앗기지 않으려고 사방을 경계합니다

한번 붙으면 이길 때까지 싸웁니다

때로는 비굴하게 꼬리 내릴 적도 있습니다

그러나 죽기 전까지는 결코 멈추지 않습니다

뿔
― 동물의 왕국 3

호랑이 사자 표범 하이에나
육식동물에게는 없는

사슴 물소 염소 가젤
초식동물에게만 있는

헛이름일망정 뿔이고 싶은
쥐뿔 개뿔 달팽이뿔

인과응보
― 동물의 왕국 4

평생, 남의 목 물어뜯던 사자도
언젠가는 죽는다

제 몸속에 생긴
벌레 같은 것들에게 물어뜯겨서

평화의 얼굴
― 동물의 왕국 5

흰머리독수리가
하늘 높이 날고 있습니다

마른 들판에는
들쥐들이 먹이 찾고 있습니다

허리 낮춘 표범이
얼룩말 새끼를 바라보고 있습니다

눈치 빠른 하이에나가
빙빙, 때를 기다리고 있습니다

악어강
― 동물의 왕국 6

얼룩말 떼가 새 서식지로 이동할 계절입니다

얼룩말들은 악어가 사는 강을 건너야 합니다

우두머리가 악어강 언덕에서 형편을 살핍니다

모두가 안전하게 건널 수는 없을 것 같습니다

그때, 어떤 큰 말이 성큼 강으로 걸어들어갑니다

핏물이 번지는 사이 무리는 강을 건너갑니다

무소유
— 동물의 왕국 7

초원에서는 빈 들판이 창고
울타리도 바람벽도 대문도 없다
녹슨 자물쇠도 없다
여기서는 먹이를 쌓아두는 게 바보짓
날것은 감춰놔야 금방 상한다
썩히기보다 나눠 먹는 게 남는 장사
배고프면 땀 흘려 해결하는 게 상수다
한바탕 달리다 보면 온 세상이 내 것
넓은 땅 놔두고 왜 창고지기 하겠는가
창고가 없다는 건 욕심이 없다는 것
욕심이 없다는 건 단순하게 산다는 것
그저 먹을 만큼만 먹고 살 만큼만 산다
야생의 들판에서는 다들
이렇게 살다가 이렇게 떠나간다

노병
— 동물의 왕국 8

한때는 백수의 제왕이라 불렸지

푸른 눈매 윤기 많은 갈기는 암컷들 몸살 나게 했지

크르르르릉 사자후 한 번이면 초원이 조용해졌지

요즘은 파리나 모기도 무서워하지 않는 신세

허공을 향해 포효해야 겁먹는 것들 아무도 없네

잘난 척하던 녀석들 중 보이지 않는 놈도 여럿이네

어느새 꼬리 내리고 사라질 때 됐다는 뜻

다만 마지막 한 가지 소원은, 소원은, 소원은……

사실 그리고 진실
― 동물의 왕국 9

수컷이 힘센 척하는 건 이유가 있지요
어깨에 바람 넣은 놈들 물리쳐야
짝짓기 할 수 있기 때문이지요

암컷이 예쁜 척하는 건 이유가 있지요
우성 유전자 가진 놈 유혹해야
종족 보존할 수 있기 때문이지요

세렝게티나 뉴욕이나 똑같은 게 있지요
암컷은 예쁜 척 수컷은 힘센 척해야
눈길을 끈다는 것이지요

빈집
— 동물의 왕국 10

바람 불던 날 아침 태어난 새끼들은
피 냄새 사방으로 풍겼다

언제 습격할지 모를 약탈자 무서워
핏덩이를 핥고 또 핥았다

걸음마 배운 녀석들은 꼬리 물기 놀이로
시간 가는 줄 몰랐다

그것들 배 채워주려고 먼 데 나갔다
길 잃을 뻔한 적도 있었다

그 사이 언제 컸는지
낯선 놈과 짝 맞춰 오더니 훌쩍 떠나갔다

무덤처럼 조용해진 빈집에는
늙은 짐승 두 마리만 남았다

야생교본野生教本
— 동물의 왕국 11

남보다 강해야 한다
더 빨라야 한다
때로는 교활해야 한다

초원에서 살아남으려면
오로지, 철저히
짐승이 되어야 한다

자비는 이긴 자의 선심
패배는 곧 죽음
어떻게든 이겨야 한다

잊지 말아라
겉만 착한 척하는 인간 짓
흉내 내는 순간 끝이다

야만과 문명
― 동물의 왕국 12

야생에서는
누군가의 죽음이
누군가의 삶이 됩니다

도시에서도
누군가의 실패가
누군가의 성공이 됩니다

어떻게든 이기는 게
어디서든
살아가는 방법입니다

그렇다면
야만과 문명은
무엇이 다른 점인지요

연애의 기술
— 동물의 왕국 13

무슨 수를 쓰든 상대의 관심을 끌어야 한다

최대한 멋을 부려야 한다

기분 좋은 냄새도 풍겨야 한다

남보다 강하다는 걸 보여줘야 한다

한두 번 거절당해도 자꾸 다가가야 한다

끝까지 다정하게 굴어야 한다

때로는, 상처 받을 각오도 해야 한다

외로운 수컷
— 동물의 왕국 14

늑대 한 마리 초원을 달린다
목표는 전방에 사냥감 너그러우면
안 된다 단박에 숨통을 끊어야 한다
무리가 굶주리는 건 수컷의 고통
이겨야 한다 살아야 이긴다 야생에서는
약한 자에게 베풀 자비가 없다
경쟁자보다 빠르게 질주해야 한다
강한 적과 싸우려면 더 거칠어야 한다
그러나 언제나 이길 수는 없는 법
때로는 상처도 입고 새끼도 잃는다
보름달 떠오르면 밀려오는 검은 슬픔
목젖 가득 뜨거운 울음 터지는 밤
우 우 우 우 울고 또 울어도
돌아오지 않는 시간이여, 순결한 평화여
오오, 양처럼 순할 수 없는 외로운 수컷
돼지처럼 꿀꿀거릴 수 없는 늑대의 운명

동행
— 동물의 왕국 15

건기를 맞아 동물들이 이동을 시작했습니다

코끼리도 얼룩말도 무리들과 함께 떠났습니다

일행 중에는 갓 태어난 사자 새끼도 있었습니다

새끼 사자는 더위에 지쳐 더 걸을 수 없었습니다

어미 사자는 안절부절 어찌할 줄 몰라 했습니다

코끼리가 이를 보고 그냥 지나치지 않았습니다

긴 코로 가마를 만들어 새끼를 태워주었습니다

동물들은 그렇게 무사히 새 서식지로 갔습니다

열 가지 맛의 시

초판1쇄 인쇄 2023년 11월 10일
초판1쇄 발행 2023년 11월 20일
지은이 : 둥둥시사
펴낸이 : 김향숙
펴낸곳 : 인북스
주소 : 경기 고양시 일산서구 성저로 121, 1102-102
전화 : 031) 924 7402
팩스 : 031) 924 7408
이메일 editorman@hanmail.net

ISBN 978-89-89449-94-2 03810
값 10,000원

*잘못된 책은 바꾸어 드립니다.